Художество

契诃夫小说选集

艺术集

〔俄〕契诃夫 著

汝龙 译

人民文学出版社

图书在版编目（CIP）数据

契诃夫小说选集.艺术集/（俄罗斯）契诃夫著；汝龙译.—北京：人民文学出版社，2021
ISBN 978-7-02-012945-4

Ⅰ.①契… Ⅱ.①契…②汝… Ⅲ.①短篇小说—小说集—俄罗斯—近代 Ⅳ.①I512.44

中国版本图书馆CIP数据核字(2017)第134128号

策划编辑	张福生
责任编辑	李丹丹
装帧设计	刘　静
责任印制	王重艺

出版发行	人民文学出版社
社　　址	北京市朝内大街166号
邮政编码	100705
网　　址	http://www.rw-cn.com
印　　刷	三河市博文印刷有限公司
经　　销	全国新华书店等
字　　数	82千字
开　　本	787毫米×1092毫米　1/32
印　　张	6.75
印　　数	1—3000
版　　次	2021年4月北京第1版
印　　次	2021年4月第1次印刷
书　　号	978-7-02-012945-4
定　　价	29.00元

如有印装质量问题，请与本社图书销售中心调换。电话:010-65233595

目　次

带小狗的女人 …………………………… 1

黑修士 …………………………………… 37

跳来跳去的女人 ………………………… 104

枢密顾问官 ……………………………… 159

艺术 ……………………………………… 196

带小狗的女人

一

据说在堤岸上出现了一个新人:一个带小狗的女人。德米特利·德米特利奇·古罗夫已经在雅尔塔生活了两个星期,对这个地方已经熟悉,也开始对新人发生兴趣了。他坐在韦尔奈的售货亭里,看见堤岸上有一个年轻的金发女人在走动,她身材不高,戴一顶贝雷帽;有一条白毛的狮子狗跟在她后面跑。

后来他在本城的公园里,在街心小花园里遇见她,一天遇见好几次。她孤身一个人散步,老是戴着那顶软帽,带着那条白毛狮子狗;谁也不知道她是什么人,就都简单地把她叫作"带小狗的女人"。

"如果她没有跟她的丈夫住在这儿,也没有熟人,"古罗夫暗自思忖道,"跟她认识一下,倒也未尝不可呢。"

他还没到四十岁,可是已经有一个十二岁的女儿和两个上中学的儿子了。他结婚很早,当时他还是大学二年级的学生,如今他妻子的年纪仿佛比他大半倍似的。她是一个高身量的女人,生着两道黑眉毛,直率,尊严,庄重,按她对自己的说法,她是个有思想的女人。她读过很多书,在信上不写"ъ"这个硬音符号,不叫她的丈夫德米特利而叫吉米特利;他呢,私下里认为她智力有限,胸襟狭隘,缺少风雅,他怕她,不喜欢待在家里。他早已开始背着她跟别的女人私通,而且不止一次了,大概就是因为这个缘故,他一讲起女人几乎总是说坏话;每逢人家在他面前谈到女人,他总是这样称呼她们：

"卑贱的人种！"

他认为他已经受够了沉痛的经验教训，可以随意骂她们了，可是话虽如此，只要他一连两天身边没有那个"卑贱的人种"，他就过不下去。他跟男人相处觉得乏味，不称心，跟他们没有多少话好谈，冷冷淡淡，可是到了女人中间，他就觉得自由自在，知道该跟她们谈什么，该采取什么态度；甚至跟她们不讲话的时候也觉得很轻松。他的相貌、他的性格、他的全身心有一种迷人的、不可捉摸的东西，使得女人对他发生好感，吸引她们；这一点他是知道的，同时也有一种什么力量在把他推到她们那边去。

多次的经验，确实沉痛的经验，早已教导他说：跟正派女人相好，特别是跟优柔寡断、迟疑不决的莫斯科女人相好，起初倒还能够给生活添一点愉快的变化，显得是轻松可爱的生活波折，过后却不可避免地演变成为非常复杂的大问题，最后情况就变得令人难以忍受了。可是每一次他新遇见一个有趣味的女人,这种经验不知怎的总是从他的记忆里消失;他渴望生活,于是一切都显得十分简单而引人入胜了。

有一天将近傍晚,他正在公园里吃饭,那个戴贝雷帽的女人慢慢地走过来,要在他旁边的一张桌子那儿坐下。她的神情、步态、服饰、发型都告诉他说,她是一个上流社会的女人,已经结过婚,这是头一次到雅尔塔来,孤身一个人,觉得在这儿很寂寞。……那些关于本地风气败坏的传闻,有许多是假的,他不理会那些传闻,知道这类传闻大多是那些只要自己有办法也很乐意犯罪的人们捏造出来的;可是等到那个女人在离开他只有三步远的那张桌子边坐下,他就不由得想起那些关于风流艳遇和登山旅行的传闻,于是,来一次快当而短促的结合,跟一个身世不明、连姓名都不知道的女人干一回风流韵事这样的诱人想法就突然控制了他。

他亲切地招呼那条狮子狗,等到它真走近,他却摇着手指头吓唬它。狮子狗就汪汪地叫起来。古罗夫又摇着手指头吓唬它。

那个女人瞟他一眼,立刻低下眼睛。

"它不咬人。"她说,脸红了。

"可以给它一根骨头吃吗?"等到她肯定地点一下头,他就殷勤地问道:"您来雅尔塔很久了吧?"

"有五天了。"

"我在这儿可已经待了两个星期了。"

他们沉默了一会儿。

"光阴过得很快,可是这儿又那么沉闷!"她说,眼睛没有看着他。

"讲这儿沉闷,这不过是一种惯常的说法罢了。一个市民居住在内地城市别廖夫或者日兹德拉,倒不觉得沉闷,可是一到了这儿却说:'唉,沉闷啊!哎,好大的灰尘!'人会以为他是从格林纳达①来的呢。"

她笑起来。后来这两个人继续沉默地吃饭,像两

---

① 指格林纳达岛,位于西印度群岛中向风群岛南部。

个不认识的人一样,可是吃过饭后他们并排走着,开始了一场说说笑笑的轻松谈话,只有那种自由而满足的、不管到哪儿去或者不管聊什么都无所谓的人才会这样谈天。他们一面散步,一面谈到海面多么奇怪地放光,海水现出淡紫的颜色,那么柔和而温暖,在月光下,水面上荡漾着几条金黄色的长带。他们谈到炎热的白昼过去以后天气多么闷热。古罗夫说他是莫斯科人,在学校里学的是语文学,然而在一家银行里工作;先前他准备在一个私人的歌剧团里演唱,可是后来不干了,他在莫斯科有两所房子。……他从她口中知道她是在彼得堡长大的,可是出嫁以后就住到斯城去,已经在那儿住了两年,她在雅尔塔还要住上一个月,说不定她丈夫也会来,他也想休养一下。至于她丈夫在什么地方工作,在省政府呢,还是在本省的地方自治局执行处,她却无论如何也说不清楚,连她自己也觉得好笑。古罗夫还打听清楚她名叫安娜·谢尔盖耶芙娜。

后来,他在自己的旅馆里想起她,想到明天想必会跟她见面。这是一定的。他上床躺下,想起她不久以前还是个贵族女子中学的学生,还在念书,就跟现在他的女儿一样,想起她笑的时候,跟生人谈话的时候,还那么腼腆,那么局促不安,大概这是她生平头一次孤身一个人处在这种环境里吧,而在这种环境里,人们纯粹出于一种她不会不懂的秘密目的跟踪她,注意她,跟她讲话。他想起她的瘦弱的脖子和她那对美丽的灰色眼睛。

"总之,她那样儿有点可怜。"他想着,昏昏睡去了。

二

他们相识以后,一个星期过去了。这一天是节日。房间里闷热,而街道上刮着大风,卷起灰尘,吹掉人的帽子。人们一整天都口渴,古罗夫屡次到那个售货亭去,时而请安娜·谢尔盖耶芙娜喝果汁,时而请她吃冰淇淋。人简直不知躲到哪儿去才好。

傍晚风小了一点,他们就在防波堤上走来走去,看轮船怎样开到此地。码头上有许多散步的人;他们聚在这儿,手里拿着花束,预备迎接什么人。这个装束考究的雅尔塔人群有两个特点清楚地映入人的眼帘:上了年纪的太太们打扮得跟年轻女人一样,将军很多。

由于海上起了风浪,轮船来迟了,到太阳下山以后才来,而且在靠拢防波堤以前,花了很长时间掉头。安娜·谢尔盖耶芙娜举起带柄眼镜瞧着轮船,瞧着乘客,好像在寻找熟人似的;等到她转过身来对着古罗夫,她的眼睛亮了。她说许多话,她的问话前言不搭后语,而且刚刚问完就马上忘了问的是什么,后来在人群中把带柄眼镜也失落了。

装束考究的人群已经走散,一个人也看不见了,风完全停住,可是古罗夫和安娜·谢尔盖耶芙娜却还站在那儿,好像等着看轮船上还有没有人下来似的。安娜·谢尔盖耶芙娜已经沉默下来,在闻一束花,眼睛没有看古罗夫。

"天气到傍晚好一点了,"他说,"可是现在我们到哪儿去呢?我们要不要坐一辆马车到什么地方去兜风?"

她一句话也没有回答。

这时候他定睛瞧着她,忽然搂住她,吻她的嘴唇,花束的香味和潮气向他扑来,他立刻战战兢兢地往四下里看:有没有人看见他们?

"我们到您的旅馆里去吧……"他轻声说。

两个人很快地走了。

她的旅馆房间里闷热,弥漫着一股她在一家日本商店里买来的香水的气味。古罗夫瞧着她,心里暗想:"在生活里会碰到多么不同的人啊!"在他的记忆里,保留着以往一些无忧无虑、心地忠厚的女人的印象,她们由于爱情而高兴,感激他带来的幸福,虽然这幸福十分短暂;还保留着另一些女人的印象,例如他的妻子,她们在恋爱的时候缺乏真诚,说过多的话,装腔作势,感情病态,从她们的神情看来,好像这不是爱情,不是情欲,而是一种更有意义的事情似的;另外还保留着两三个女人的印象,她们长得很美,内心却冷冰冰的,脸上忽而会掠过一种猛兽般的贪婪神情,她们具有固执的愿望,想向生活索取和争夺生活所不能给予的东西,这种女人年纪已经不轻,为人任性,不通情理,十分专横,头脑不聪明,每逢古罗夫对她们冷淡下来,她们的美貌总是在他心里引起憎恨的感觉,在这种时候,她们的衬衣的花边在他的眼睛里就好像鱼鳞一样了。

可是眼前这个女人却还那么腼腆,流露出缺乏经验的青年人那种局促不安的神情和羞羞答答的心态;她给人一种惊慌失措的印象,好像忽然有人出其不意地来敲门似的。安娜·谢尔盖耶芙娜,这个"带小狗的女人",对待刚发生过的事情的态度有点特别,看得十分严重,好像这是她的堕落,至少看上去是这样,而这是奇怪的,不恰当的。她垂头丧气,无精打采,她的长头发忧伤地挂在她的脸的两边,她带着沮丧的样子呆呆地出神,好像古画上那个犯了罪的女人①。

"这是不好的,"她说,"现在您要头一个不尊重我了。"

房间里的桌子上有一个西瓜。古罗夫给自己切了一块,慢慢地吃起来。在沉默中至少过了半个钟头。

安娜·谢尔盖耶芙娜神态动人,从她身上散发出一个正派的、纯朴的、生活阅历很浅的女人的纯洁气息。桌子上点着一支孤零零的蜡烛,几乎照不清她的脸,不过还是看得出来她心绪不好。

"我怎么能不再尊重你呢?"古罗夫问,"你自己都不知道你在说什么了。"

"求上帝饶恕我吧!"她说,眼睛里含满泪水,"这是可怕的。"

"你仿佛在替你自己辩白似的。"

---

① "犯了罪的女人"此处指"抹大拉的马利亚"。据《圣经》载,她本是个妓女,因受耶稣感化,忏悔了过去的罪恶。她的形象在文艺复兴时代的绘画中曾多次出现。

"我有什么理由替我自己辩白呢？我是个下流的坏女人，我看不起自己，我根本没有替自己辩白的意思。我所欺骗的不是我的丈夫，而是我自己。而且也不光是现在，我早就在欺骗我自己了。我丈夫也许是个诚实的好人，可是要知道，他是个奴才！我不知道他在那儿干些什么事，在怎样工作，我只知道他是个奴才。我嫁给他的时候才二十岁，好奇心煎熬着我，我巴望过好一点的日子，我对自己说：'一定有另外一种不同的生活。'我一心想生活得好！我要生活，生活。……好奇心燃烧着我……这您是不会了解的，可是，我当着上帝起誓，我已经管不住自己了，我起了变化，什么东西也没法约束我了，我就对我的丈夫说我病了，我就到这儿来了。……到了这儿，我老是走来走去，像是着了魔，发了疯。……现在呢，我变成一个庸俗下贱的女人，谁都会看不起我了。"

古罗夫已经听得乏味；那种天真的口气，那种十分意外而大煞风景的忏悔惹得他不痛快。要不是她眼睛里含着泪水,人就可能认为她是在开玩笑或者装腔作势。

"我不明白,"他轻声说,"你到底要什么?"

她把她的脸埋在他的胸脯上,偎紧他。

"请您相信我的话,务必相信我的话,我求求您……"她说,"我喜欢正直、纯洁的生活,讨厌犯罪,我自己也不知道我在干什么。老百姓说:鬼迷了心窍。现在我也可以这样说我自己:鬼迷了我的心窍。"

"得了,得了……"他嘟哝说。

他瞧着她那对呆滞的、惊吓的眼睛,吻她,亲热地轻声说话,她就渐渐平静下来,重又感到快活,于是两个人都笑了。

后来,等他们走出去,堤岸上已经一个人影也没有了,这座城市以及它那些柏树显得死气沉沉,然而海水还在哗哗地响,拍打着海岸,一艘汽艇在海浪上摇摆,汽艇上的灯睡意蒙眬地闪烁着。

他们雇到一辆马车,就到奥列安达去了。

"刚才我在楼下门厅里看到你的姓,那块牌子上写着冯·季杰利茨,"古罗夫说,"你丈夫是德国人吧?"

"不,他祖父好像是德国人,然而他本人却是东正教徒。"

到了奥列安达,他们坐在离教堂不远的一条长凳上,瞧着下面的海洋,沉默着。透过晨雾,雅尔塔朦朦胧胧,看不大清,白云一动不动地停在山顶上。树上的叶子纹丝不动,知了在叫,单调而低沉的海水声从下面传上来,述说着安宁,述说着那种在等候我们的永恒的安眠。当初此地还没有雅尔塔,没有奥列安达的时候,下面的海水就照这样哗哗地响,如今还在哗哗地响,等我们不在人世了,它仍旧会这么冷漠而低沉地哗哗响。这种持久不变,这种对我们每个人的生和死完全无动于衷,也许包藏着一种保证:我们会永恒地得救,人间的生活会不断地运行,一切会不断趋于完善。古罗夫跟一个在黎明时刻显得十分美丽的年轻女人坐在一起，面对着这神话般的环境，面对着这海，这山，这云，这辽阔的天空，不由得平静下来，心醉神迷，暗自思忖：如果往深里想一想，那么实际上，这个世界上的一切都是美好的，唯独我们在忘记生活的最高目标，忘记我们人的尊严的时候所想和所做的事情是例外。

有个人，大概是看守吧，走过来，朝他们望了望，就走开了。这件小事显得那么神秘，而且也挺美。可以看见有一条从费奥多西亚来的轮船开到了，船身被朝霞照亮，船上的灯已经熄灭。

"草上有露水了。"在沉默以后安娜·谢尔盖耶芙娜说。

"是啊。该回去啦。"

他们就回到城里去了。

后来，他们每天中午在堤岸上见面，一块儿吃早饭，吃午饭，散步，欣赏海洋。她抱怨睡眠不好，心跳得不稳；她老是提出同样的问题，一会儿因为嫉妒而激动，一会儿又担心他不十分尊重她了。在广场的小花园里或者大公园里,每逢他们附近一个人也没有的时候,他就会突然把她拉到自己身边,热烈地吻她。十足的闲散,这种在阳光下的接吻以及左顾右盼、生怕有人看见的担忧,炎热,海水的气味,再加上闲散的、装束考究的、饱足的人们不断在他眼前闪过,这一切仿佛使他更生了;他对安娜·谢尔盖耶芙娜说,她多么好看,多么迷人,他迫不及待地热恋着,一步也不肯离开她的身旁,而她却常呆呆地出神,老是要求他承认他不尊重她,一点也不爱她,只把她看作一个庸俗的女人。几乎每天傍晚,夜色深了,他们总要坐上马车出城走一趟,到奥列安达去,或者到瀑布那儿去。这种游玩总是很尽兴,他们得到的印象每一次都必定是美好而庄严的。

他们在等她的丈夫到此地来。可是他寄来一封信,通知她说他的眼睛出了大毛病,要求他的妻子赶快回家去。安娜·谢尔盖耶芙娜就慌忙起来。

"我走了倒好,"她对古罗夫说,"这也是命中注定的。"

艺术集

她坐上马车走了,他送她去。他们走了一整天。等到她在一列特别快车的车厢里坐好,等到第二遍钟声敲响,她就说:

"好,让我再看您一回。……再看一眼。这就行了。"

她没有哭,可是神情忧伤,仿佛害了病,她的脸在颤抖。

"我会想到您……念到您,"她说,"求上帝保佑您,祝您万事如意。我有什么不好的地方,您也别记着。我们永远分别了,这也是应当的,因为我们根本就不该遇见。好,求上帝保佑您。"

火车很快地开走,车上的灯火消失,过一会儿连轰隆声也听不见了,好像什么事物都串通一气,极力要赶快结束这场美妙的迷梦,这种疯狂似的。古罗夫孤身一个人留在月台上,瞧着黑暗的远方,听着螽斯的叫声和电报线的嗡嗡声,觉得自己好像刚刚睡醒过来一样。他心里暗想:如今在他的生活中又添了一次奇遇,或者一次冒险,而这件事也已经结束,如今只剩下回忆了。……他感动,悲伤,生出一点淡淡的懊悔心情;要知道,这个他从此再也不能与之见面的年轻女人跟他过得并不幸福;他对她亲热,倾心,然而在他对她的态度里,在他的口吻和温存里,仍旧微微地露出讥诮的阴影,露出一个年纪差不多比她大一倍的幸福男子的带点粗鲁的傲慢。她始终说他心好,不平凡,高尚;显然,在她的心目中,他跟他的本来面目不同,这样说来,他无意中欺骗了她。……

这儿,在车站上,已经有秋意,傍晚很凉了。

"我也该回北方去了,"古罗夫走出站台,暗想,"是时候了!"

三

在莫斯科,家家都已经是过冬的样子了,炉子生上火,早晨孩子们准备上学、喝早茶的时候,天还黑着,保姆就点一会儿灯。严寒已经开始。下头一场雪的当儿,人们第一天坐上雪橇,看见白茫茫的大地,白皑皑的房顶,呼吸柔和而舒畅,就会感到很愉快,这时候不由得会想起青春的岁月。那些老菩提树和桦树蒙着重霜而变得雪白,现出一种忠厚的神情,比柏树和棕榈树更贴近人的心,有它们在近处,人就无意去想那些山峦和海洋了。

古罗夫是莫斯科人,他在一个晴朗、寒冷的日子回到莫斯科,等到他穿上皮大衣,戴上暖和的手套,沿彼得罗夫卡走去,每逢星期六傍晚听见教堂的钟声,不久以前的那次旅行和他到过的那些地方对他来说就失去了一切魅力。他渐渐沉浸在莫斯科的生活中,每天津津有味地阅读三份报纸,但却说他不是本着原则读莫斯科报纸的。他已经喜欢到饭馆、俱乐部去,喜欢去参加宴会、纪念会,有著名的律师和演员到他的家里来,或者他在医生俱乐部里跟教授一块儿打牌,他就觉得光彩。他已经能够吃完整份的用小煎锅盛着的酸白菜焖肉了。……

他觉得,再过上个把月,安娜·谢尔盖耶芙娜在他的记忆里就会被一层雾盖没,只有偶尔像别人那样来到他的梦中,现出她那动人的笑容罢了。可是一个多月过去,隆冬来了,而在他的记忆里一切还是很清楚,仿佛昨天他才跟安娜·谢尔盖耶芙娜分手似的。而且这回忆越来越强烈,不论是在傍晚的寂静中,孩子的温课声传到他的书房里来,或者在饭馆里听见抒情歌曲,听见风琴的声音,或者是暴风雪在壁炉里哀叫,顿时,一切就都会在他的记忆里复活:在防波堤上发生的事、清晨以及山上的迷雾、从费奥多西亚开来的轮船、接吻等等。他久久地在书房里来回走着,回想着,微微地笑,然后回忆变成幻想,在想象中,过去的事就跟将来会发生的事混淆起来了。安娜·谢尔盖耶芙娜没有到他的梦中来,可是她像影子似的跟着他到处走,一步也不放松他。他一闭上眼睛就看见她活生生地站在他面前,显得比本来的样子还要美丽、年轻、温柔;他自己也显得比原先在雅尔塔的时候更漂亮。每到傍晚她总是从书柜里,从壁炉里,从墙角里瞅他,他听见她的呼吸声、她的衣服的亲切的窸窣声。在街上他的目光常常跟踪着来往的女人,想找一个跟她长得相像的人。……

一种强烈的愿望折磨他,他渴望把他这段回忆跟什么人谈一谈。然而在家里是不能谈自己的爱情的,而在外面又找不到一个可以谈的人。跟房客们谈是不行的,在银行里也不行。而且谈些什么呢?难道那时候他真爱她吗?难道他跟安娜·谢尔盖耶芙娜的关系中有什么优美的,富于诗意的,或者有教育意义的,或者干脆有趣味的地方吗?他只好含含糊糊地谈到爱情,谈到女人,谁也猜不出他的用意在哪儿,只有他的妻子扬起两道黑眉毛,说:

"你,德米特利,可不配演花花公子的角色啊。"

有一天夜间,他同一个刚刚一块儿打过牌的文官走出医生俱乐部,忍不住说:

"但愿您知道我在雅尔塔认识了一个多么迷人的女人!"

那个文官坐上雪橇,走了,可是突然回过头来,喊道:

"德米特利·德米特利奇!"

"什么事?"

"方才您说得对:那鲟鱼肉确实有点臭味儿!"

这句话平平常常,可是不知什么缘故惹得古罗夫冒火了,他觉得这句话不干不净,带有侮辱性。多么野蛮的习气,什么样的人啊!多么无聊的夜晚,多么没趣味的、平淡的白天啊!狂赌,吃喝,酗酒,反反复复讲老一套的话。不必要的工作和老套头的谈话占去了人的最好的那部分时间,最好的那部分精力,到头来只剩下一种短了翅膀和缺了尾巴的生活,一种无聊的东西,想走也走不开,想逃也逃不脱,仿佛关在疯人院里或者苦役连①里似的!

---

① 俄国19世纪惩罚士兵流放边远地区的单位。

艺 术 集

古罗夫通宵没睡,满腔愤慨,然后头痛了整整一天。第二天晚上他睡不稳,老是坐在床上,想心思,或者从这个墙角走到那个墙角。他讨厌他的孩子,讨厌银行,不想到什么地方去,也不想谈什么话。

在十二月的假期中,他准备好出门的行装,对他的妻子说,他要到彼得堡去为一个青年人张罗一件什么事,可是他动身到C城去了。去干什么呢?他自己也不大清楚。他想跟安娜·谢尔盖耶芙娜见面,谈一谈,如果可能的话,就约她出来相会。

他早晨到达C城,在一家旅馆里租了一个顶好的房间,房间里整个地板上铺着灰色的军用呢子,桌子上有一个蒙着灰色尘土的墨水瓶,瓶上雕着一个骑马的人像,举起一只拿着帽子的手,脑袋却打掉了。看门人给他提供了必要的消息:冯·季杰利茨住在老冈察尔纳亚街上他的私宅里,这所房子离旅馆不远,他生活优裕,阔气,自己有马车,全城的人都知道他。看门人把他的姓念成"德雷迪利茨"了。

古罗夫慢慢地往老冈察尔纳亚街走去,找到了那所房子。正好在那所房子的对面立着一道灰色的围墙,很长,墙头上钉着钉子。

"谁见着这样的围墙都会逃跑。"古罗夫看一看窗子,又看一看围墙,暗想。

他心里盘算:今天是机关不办公的日子,她的丈夫大概在家。再者,闯进她的家里去,搅得她心慌意乱,那总是不妥当的。要是送一封信去,那封信也许就会落到她的丈夫手里,那就可能把事情弄糟。最好是相机行事。他一直在街上围墙旁边走来走去,等机会。他看见一个乞丐走进大门,于是就有一些狗向他扑过来,后来,过了一个钟头,他听见弹钢琴的声音,低微含混的琴声就传过来。大概是安娜·谢尔盖耶芙娜在弹琴吧。前门忽然开了,一个老太婆从门口走出来,后面跟着那条熟悉的白毛狮子狗。古罗夫想叫那条狗,可是他的心忽然剧烈地跳动起来,他由于兴奋而忘了那条狮子狗叫什么名字了。

艺　术　集

他走来走去,越来越痛恨那堵灰色的围墙,就气愤地暗想安娜·谢尔盖耶芙娜忘了他,也许已经在跟别的男人相好,而这在一个从早到晚不得不瞧着这堵该死的围墙的年轻女人的处境里原是很自然的。他回到他的旅馆房间里,在一张长沙发上坐了很久,不知道该怎么办才好,然后吃午饭,饭后睡了很久。

"这是多么愚蠢,多么恼人啊,"他醒过来后,瞧着乌黑的窗子,暗想:已经是黄昏时分了,"不知为什么我倒睡足了。那么晚上我干什么好呢?"

他坐在床上,床上铺着一条灰色的、廉价的、像医院里那样的被子,他懊恼得挖苦自己说:

"你去会带小狗的女人吧。……去搞风流韵事吧。……你可只能在这儿坐着。"

这天早晨他还在火车站的时候,有一张用很大的字写的海报映入他的眼帘:《艺妓》①第一次公演。他

---

① 在当时俄国流行的一个由英国作曲家琼斯(1861—1946)创作的轻歌剧。

想起这件事,就坐车到剧院去了。

"她很可能去看第一次公演的戏。"他想。

剧院里满座。这儿如同一般的内地剧院里一样,枝形吊灯架的上边弥漫着一团迷雾,顶层楼座那边吵吵嚷嚷;在开演以前,头一排的当地大少爷们站在那儿,把手抄在背后;在省长的包厢里头一个座位上坐着省长的女儿,围着毛皮的围脖,省长本人却谦虚地躲在门帘后面,人们只看得见他的两条胳膊。舞台上的幕晃动着,乐队调音花了很久时间。在观众们走进来找位子的时候,古罗夫一直在热切地用眼睛搜索。

安娜·谢尔盖耶芙娜也走进来了。她坐在第三排,古罗夫一眼瞧见她,他的心就缩紧了,他这才清楚地体会到如今对他来说,全世界再也没有一个比她更亲近、更宝贵、更重要的人了。她,这个娇小的女人,混杂在内地的人群里,一点出众的地方也没有,手里拿着一副俗气的长柄眼镜,然而现在她却占据了他的全部生命,成为他的悲伤,他的欢乐,他目前所指望的唯一幸福;他听着那个糟糕的乐队的乐声,听着粗俗、低劣的提琴的声音,暗自想着,她多么美啊。他思索着,幻想着。

跟安娜·谢尔盖耶芙娜一同走进来、坐在她旁边的是一个身量很高的年轻人,留着小小的络腮胡子,背有点驼;他每走一步路就摇一下头,好像在不住地点头致意似的。这人大概就是她的丈夫,也就是以前在雅尔塔,她在痛苦的心情中斥之为奴才的那个人吧。果然,他那细长的身材、他那络腮胡子、他那一小片秃顶,都有一种奴才般的卑顺神态,他的笑容甜得腻人,他的纽扣眼上有个什么学会的发亮的证章,活像是听差的号码牌子。

头一次幕间休息的时候,她丈夫走出去吸烟,她留在位子上。古罗夫也坐在池座里,这时候就走到她跟前去,勉强做出笑脸,用发颤的声音说:

"您好。"

她看他一眼,脸色顿时发白,然后又战战兢兢地看他一眼,不相信自己的眼睛了;她双手紧紧地握住扇子和长柄眼镜,分明在极力支撑着,免得昏厥过去。两个人都没有讲话。她坐着,他呢,站在那儿,被她的窘态弄得惊慌失措,不敢挨着她坐下去。提琴和长笛开始调音,他忽然觉得可怕,似乎所有包厢里的人都在瞧他们。可是这时候她却站了起来,很快地往出口走去;他跟着她走,两个人糊里糊涂地穿过过道,时而上楼,时而下楼,眼睛前面晃过一些穿法官制服、教师制服、皇室地产管理部门制服的人,一概佩戴着证章。又晃过一些女人和衣架上的皮大衣,过堂风迎面吹来,送来一股烟头的气味。古罗夫心跳得厉害,心想:"唉,主啊!干什么要有这些人,要有那个乐队啊。……"

这当儿他突然记起那天傍晚他在火车站上送走安娜·谢尔盖耶芙娜的时候,对自己说:事情就此结束,他们从此再也不会见面了。可是这件事离着结束还远得很呢!

在一道标着"通往梯形楼座"的狭窄而阴暗的楼

梯上,她站住了。

"您吓了我一大跳!"她说,呼吸急促,脸色仍旧苍白,吓慌了神,"哎,您真吓了我一大跳。我几乎死过去了。您来干什么?干什么呀?"

"可是您要明白,安娜,您要明白……"他匆忙地低声说,"我求求您,您要明白……"

她带着恐惧、哀求、热爱瞧着他,凝视着他,要把他的相貌更牢固地留在她的记忆里。

"我苦死了!"她没有听他的话,接着说,"我时时刻刻都在想您,只想您一个人,我完全是在对您的思念中生活着。我一心想忘掉,忘掉您,可是您为什么到这儿来?为什么呢?"

上边,楼梯口有两个中学生在吸烟,瞧着下面,可是古罗夫全不在意,把安娜·谢尔盖耶芙娜拉到身边来,开始吻她的脸、她的脸颊、她的手。

"您干什么呀,您干什么呀!"她惊恐地说,把他从身边推开,"我们两个都疯了。您今天就走,马上就走。……我凭一切神圣的东西恳求您,央告您。……有人到这儿来了!"

下面有人走上楼来了。

"您一定得走……"安娜·谢尔盖耶芙娜接着小声说,"您听见了吗,德米特利·德米特利奇?我会到莫斯科去找您的。我从来没有幸福过,我现在不幸福,将来也决不会幸福,决不会,决不会!不要给我多添痛苦了!我赌咒,我会到莫斯科去的。现在我们分手吧!我亲爱的,好心的人,亲爱的,我们分手吧!"

她握一下他的手,开始快步走下楼去,不住地回头看他,从她的眼神看得出来,她也确实不幸福。……古罗夫站了一会儿,留心听着,然后,等到一切声音停息下来,他就找到他那挂在衣帽架上的大衣,走出剧院去了。

四

安娜·谢尔盖耶芙娜真的动身到莫斯科去看他了。每过两三个月她就从C城去一次,告诉她的丈夫说,她去找一位教授治她的妇女病,她的丈夫将信将疑。她到了莫斯科就在"斯拉维扬斯基市场"住下来,立刻派一个戴红帽子的人去找古罗夫。古罗夫就去看她,莫斯科没有一个人知道这件事。

有一回,那是冬天的一个早晨(前一天傍晚信差来找过他,可是没有碰到他),他照这样去看她。他的女儿跟他同路,他打算送她去上学,正好是顺路。天上下着大片的湿雪。

"现在气温是零上三度,然而下雪了,"古罗夫对他的女儿说,"可是要知道,这只是地球表面的温度,大气上层的温度就完全不同了。"

"爸爸,为什么冬天不打雷呢?"

关于这个问题他也解释了一下。他一边说,一边心里暗想:现在他正在去赴幽会,这件事一个人都不知道,大概永远也不会有人知道。他有两种生活:一种是公开的,凡是要知道这种生活的人都看得见,都知道,充满了传统的真实和传统的欺骗,跟他的熟人和朋友的生活完全一样;另一种生活则在暗地里进行。由于环境的一种奇特的,也许是偶然的巧合,凡是他认为重大的、有趣的、必不可少的事情,凡是他真诚地去做而没有欺骗自己的事情,凡是构成他的生活核心的事情,统统是瞒着别人,暗地里进行的;而凡是他弄虚作假,他用以伪装自己、以遮盖真相的外衣,例如他在银行里的工作、他在俱乐部里的争论、他的所谓"卑贱的人种"、他带着他的妻子去参加纪念会等,却统统是公开的。他根据自己来判断别人,就不相信他看见的事情,老是揣测每一个人都在秘密的掩盖下,就像在夜幕的遮盖下一样,过着他的真正的、最有趣的生活。每个人的私生活都包藏在秘密里,也许,多多少少因为这个缘故,有文化的人才那么恓恓惶惶地主张个人的秘密应当受到尊重吧。

古罗夫把他的女儿送到学校以后,就往"斯拉维扬斯基市场"走去。他在楼下脱掉皮大衣,上了楼,轻轻地敲门。安娜·谢尔盖耶芙娜穿着他所喜爱的那条灰色连衣裙,由于旅行和等待而感到疲乏,从昨天傍晚起就在盼他了。她脸色苍白,瞧着他,没有一点笑容,他刚走进去,她就扑在他的胸脯上了。仿佛他们有两年没有见面似的,他们的接吻又久又长。

"哦,你在那边过得怎么样?"他问,"有什么新闻吗?"

"等一等,我过一会儿告诉你。……我说不出话来了。"

她没法说话,因为她哭了。她转过脸去,用手绢捂住眼睛。

"好,就让她哭一场吧,我坐下来等着就是。"他想,就在一把圈椅上坐下来。

后来他摇铃,吩咐送茶来,然后他喝茶,她呢,仍旧站在那儿,脸对着窗子。……她哭,是因为激动,因为凄苦地体验到他们的生活落到多么悲惨的地步;他们只能偷偷地见面,瞒住外人,像窃贼一样! 难道他们的生活不是毁掉了吗?

"得了,别哭了!"他说。

对他来说,事情是明显的,他们这场恋爱还不会很快就结束,不知道什么时候才会结束。安娜·谢尔盖耶芙娜越来越深地依恋他,崇拜他;如果有人对她说这场恋爱早晚一定会结束,那在她是不可想象的,而且说了她也不会相信。

他走到她跟前去,扶着她的肩膀,想跟她温存一下,说几句笑话,这当儿他看见了他自己在镜子里的影子。

他的头发已经开始花白。他不由得感到奇怪:近几年来他变得这样苍老,这样难看了。他的手扶着的那个肩膀是温暖的,在颤抖。他对这个生命感到怜悯,这个生命还这么温暖,这么美丽,可是大概已经临近开始凋谢、枯萎的地步,像他的生命一样了。她为什么这样爱他呢?他在女人的心目中老是跟他的本来面目不同,她们爱他并不是爱他本人,而是爱一个由她们的想象创造出来的、她们在生活里热切地寻求的人,后来她们发现自己错了,却仍旧爱他。她们跟他相好的时候,没有一个人幸福过。岁月如流,以往他认识过一些女人,跟她们相好过,分手了,然而他一次也没有爱过;把这种事情说成无论什么都可以,单单不能说是爱情。

直到现在,他的头发开始白了,他才生平第一次认真地、真正地爱上一个女人。

安娜·谢尔盖耶芙娜和他相亲相爱,像是十分贴近的亲人,像是一对夫妇,像是知心的朋友。他们觉得他们的遇合似乎是命中注定的,他们不懂为什么他已经娶了妻子,她也已经嫁了丈夫;他们仿佛是两只候鸟,一雌一雄,被人捉住,硬关在两只笼子里,分开生活似的。他们互相原谅他们过去做过的自觉羞愧的事,原谅目前所做的一切,感到他们的这种爱情把他们两个人都改变了。

以前在忧伤的时候,他总是用他想得到的任何道理来安慰自己,可是现在他顾不上什么道理了,他感到深深的怜悯,一心希望自己诚恳,温柔。……

"别哭了,我的好人,"他说,"哭了一阵也就够了。……现在让我们来谈谈,想出一个什么办法来吧。"

后来他们商量了很久,讲到应该怎样做才能摆脱这种必须躲藏、欺骗、分居两地、很久不能见面的处境。应该怎样做才能从这种不堪忍受的桎梏中解放出来呢?

"应该怎样做?应该怎样做呢?"他问,抱住头,"应该怎样做呢?"

似乎再过一会儿,解答就可以找到,到那时候,一种崭新的、美好的生活就要开始了,不过这两个人心里明白:离着结束还很远很远,那最复杂、最困难的道路现在才刚刚开始。

黑 修 士

一

硕士安德烈·瓦西里伊奇·柯甫陵十分疲劳,神经出了毛病。他没有去找医生看病,不过有一次跟一个做医生的朋友喝酒,顺带谈起这件事,那个朋友就劝他到乡间去消磨一个春天和一个夏天。恰好达尼雅·彼索茨卡雅写来一封长信,邀他到包利索甫卡去做客。他就决定,真的非旅行一趟不可了。

起初,那是四月间,他到自己的家乡柯甫陵卡,在那儿独自一人住了三个星期,然后,等到道路好走了,就坐上马车动身到他旧日的监护人和教养人,俄国著名的园艺学家彼索茨基家里去。从柯甫陵卡到彼索茨基一家人的住地包利索甫卡,算起来不过七十俄里的路程,在春天柔软的大道上,坐着一辆有弹簧的安稳马车赶路真是一种极大的享受。

彼索茨基家的房子很大,有圆柱,有雕狮,墙上的灰泥已经剥落,门口站着一个穿燕尾服的听差。古老的花园阴森严峻,是按英国格式布置的,从正房一直伸展到河边,几乎有整整一俄里长,花园的尽头是一道急转直下的陡峭的土坡,坡上生着松树,露出树根,像是毛茸茸的爪子。坡下的河水阴冷地闪闪发光,鹬鸟飞来飞去,发出悲凉的鸣声。在这种地方,人总会生出一种恨不得坐下来,写一篇叙事诗的情绪。可是在这所房子附近,在院子里,在那个连同苗场一共占地三十俄亩的果园里,一切都欣欣向荣,哪怕遇上坏天气也充满生趣。像这样好看的蔷薇、百合、茶花,像这样五颜六色的郁金香,从亮晃晃的白色到煤烟般的黑色,总之,像彼索茨基家里这样丰富的花卉,柯甫陵在别的地方从来也没见识过。春天还刚刚开始,真正艳丽的花坛还藏在温室里,可是林荫路两旁和这儿那儿的花坛上盛开着的花朵,已经足以使人在花园里散步,特别是一清早每个花瓣上都闪着露珠的时候,感到走进了柔和的彩色王国。

花园里专供观赏的那一部分,彼索茨基本人轻蔑地称之为不足挂齿的那一部分,当初在柯甫陵小时候却给他留下了仙境般的印象。在这儿,巧妙别致的花样,奇形怪状的精心设计可谓应有尽有,简直是对大自然的嘲弄!这儿有用果树编成的篱形支架,有的梨树像是金字塔形的杨树,有些橡树和椴树生成圆球的形状,还有苹果树形成的遮阳伞,李树编成的拱门、花字、枝形烛台,乃至"一八六二"这几个字——这个数字标志着彼索茨基最初研究园艺学的年份。这儿还可以看到美丽匀称的小树,树干像棕榈树那样又挺直又结实,只有仔细观察才可以认出那些小树其实是醋栗或者茶藨子。可是花园里最使人高兴而且给它添了生气的,却是人们那种经常不断的活动。从清早到傍晚,那些树木和灌木旁边,林荫道旁和花坛上面,总有许多人像蚂蚁似的忙忙碌碌,有的推着独轮车,有的挥着锄头,有的提着喷壶。……

柯甫陵晚上九点多钟来到彼索茨基家。他正好碰上达尼雅和她的父亲叶果尔·谢敏内奇心神不安的时候。布满繁星的晴朗天空和气温表都预告明天凌晨有霜冻,不料花匠伊凡·卡尔雷奇进城去了,眼前没有一个指靠的人。吃晚饭的当儿,他们一味谈明天的朝寒,而且做出决定:达尼雅不上床睡觉,十二点多钟到花园里去走一趟,检查一切安排妥当没有,叶果尔·谢敏内奇呢,三点钟起床,或者甚至更早一点。

柯甫陵陪着达尼雅坐了一个夜晚,午夜以后又跟她一块儿往花园里走去。天气寒冷。院子里已经有浓重的焦味儿。他们的大果园名叫"商务园",每年给叶果尔·谢敏内奇带来几千卢布的纯利,此刻那儿地面上铺开一层乌黑而刺鼻的浓烟,它包住树木,以便从霜冻里挽救那几千卢布。这儿的树木排成跳棋的格局,每一行都笔直而整齐,俨然成了一队队士兵。这儿显出严格而带书卷气的整齐,再加上所有的树木一般高,树冠和树干完全是一个样子,这就使得画面单调,甚至乏味了。柯甫陵和达尼雅走过一排排的树木。由畜粪、麦秸和各种垃圾烧起来的篝火正在阴燃。有时候他们遇见一些工人在烟子里漫游,像阴影一般。只有樱桃树、李树和几种苹果树在开花,可是整个园子沉浸在浓烟里,柯甫陵一直走到苗场附近,才能畅快地呼吸一下。

"还在我小时候,我一闻到这种烟子就会打喷嚏,"他耸耸肩膀说,"可是直到现在,我都不明白这种烟子怎么能挡住霜冻。"

"在没有云的时候,烟就代替云……"达尼雅回答说。

"要云干什么用?"

"遇到多云的阴天,就不会有朝寒了。"

"原来这样!"

她那宽阔、十分严肃、冻得冰凉的脸,她那两道细而黑的眉毛,她那竖起的、使她的头不能自由活动的大衣领子,她那又瘦又苗条的身材以及由于怕沾露水而撩起的衣裙,——看到这一切,他不由得动了感情。

"主啊,她已经长大了!"他说,"上一次,五年以前,我离开此地的时候,您还完全是个孩子呢。那时候您挺瘦,腿细长,不戴头巾,穿着短短的连衣裙,我就开玩笑,说您像一只鹭鸟。……光阴起了多大的作用啊!"

"是啊,五年了!"达尼雅叹了口气,说,"从那时候起过了多少时间啊。您凭良心说,安德留沙①,"她活泼地讲起来,瞧着他的脸,"您跟我们生疏了吧? 不

---

① 安德烈的爱称。

过,我又何必问呢?您是男人,过着自己的有趣的生活,您成了有名望的人物。……疏远是很自然的!可是不管怎样,安德留沙,我希望您把我们看作自家人。我们有权利这样希望。"

"我是把你们看作自家人的,达尼雅。"

"是真心话?"

"对,是真心话。"

"您今天看见我们家里有那么多您的照片,感到吃惊。不过您要知道,我父亲十分喜爱您。有时候,我觉得他爱您胜过爱我。他为您而骄傲。您是学者,是个不平凡的人,您为自己创造了光辉的前程。他相信,您所以有这样的成就是因为他培养了您。我没有拦阻他这样想。随他去吧。"

天色渐渐破晓,这是特别容易看出来的:一缕缕烟子和一个个树顶在空中清楚地现出轮廓来了。夜莺在歌唱,田野里传来鹌鹑的叫声。

"可是现在应该去睡觉了,"达尼雅说,"而且天气很冷。"她挽住他的胳膊,"多谢您到我家来,安德留沙。我们的熟人都挺乏味,而且连这样的熟人也没几个。我们只有园子,园子,园子,别的什么都没有。什么主干啦,支干啦,"她说着,笑起来,"阿波尔特苹果啦,莱因特苹果啦,波罗文卡苹果啦,芽接啦,枝接啦。……我们整个生命都用在园子里了,我甚至连做梦也只看到苹果和梨。当然,这样很好,有益处,不过有时候人也希望换换花样。我记得当初您到我们家来度假,或者只是来玩一趟,不知怎么,房子里就变得有生气多了,明亮多了,仿佛把烛架上和家具上的套子都摘掉了似的。那时候我还是个小姑娘,不过我已经懂事了。"

她讲了很久,很动感情。不知什么缘故,他突然产生一个念头:今年夏天说不定他会爱上这个娇小、孱弱、谈锋很健的人,会迷上她,热恋她。处在他们两人的地位,这种事是十分可能而且自然的!这个想法打动他的心,使他发笑,他低下头去凑近那张可爱的、忧

虑的脸,轻声唱道:

>奥涅金,我不打算隐瞒,
>
>我疯狂地爱着塔吉雅娜。……①

等到他们走回家里,叶果尔·谢敏内奇已经起床了。柯甫陵不想睡觉,就跟老人闲谈,跟他一块儿回到园子去。叶果尔·谢敏内奇身量高,肩膀宽,肚子很大,害着气喘病;然而他走路总是那么快,叫人很难跟得上。他带着极其操心的神情,老是匆匆忙忙要赶到什么地方去,从他脸上的神情看来,好像他哪怕只迟误一分钟,一切就都会完蛋似的!

"瞧,老弟,有这么件事……"他站住,喘一口气,开口说,"你看,大地的表面上有霜冻,可是你把温度计绑在木棒上,把它举到离地两俄丈②高的地方,那儿却挺温暖。……这是为什么?"

---

① 引自普希金的诗体小说《叶甫盖尼·奥涅金》。
② 俄国旧长度单位,1俄丈等于2.134米。

"说真的,我不知道。"柯甫陵说,笑起来。

"嗯……什么都知道是不可能的,当然。……不管人有多么聪明,脑子里总不能把什么都装进去。你大概仍旧在搞哲学吧?"

"对。我讲的课是心理学,总的说来,我在研究哲学。"

"你不嫌枯燥吗?"

"正好相反,我把全部兴趣都放在这上面了。"

"好,求上帝保佑你……"叶果尔·谢敏内奇说,一面沉思,一面摩挲他那花白的络腮胡子,"求上帝保佑你。……我很为你高兴……高兴,老弟。……"

可是突然,他仔细地听一下,然后做出可怕的脸相,往一旁跑去,不久就消失在树林的烟雾里了。

"是谁把马拴在苹果树上的?"传来他那绝望的、撕裂人心的叫声,"是哪个混蛋和无赖胆敢把马拴在苹果树上?我的上帝,我的上帝呀!他们把什么都糟蹋了,把什么都毁掉了,把什么都弄得一塌糊涂,乱七八糟!这个园子完了,这个园子毁了!我的上帝啊!"

后来他回到柯甫陵身边,脸色又疲乏又委屈。

"哎,你拿这些该死的家伙有什么办法?"他两手一摊,带着哭音说,"夜里斯捷普卡运粪,把马拴在苹果树上了!他呀,这混蛋,把缰绳缠在树上,缠得要多紧就有多紧,弄得树皮竟有三处磨破了。居然有这样的事!我对他讲话,他却呆站在那儿,一个劲儿地眨巴眼睛!哪怕绞死他都嫌便宜了他!"

他平静下来,搂住柯甫陵,吻他的脸。

"好,求上帝保佑你……求上帝保佑你……"他喃喃地说,"你来了,我高兴得很。说不出的高兴。……谢谢你。"

然后他仍旧迈着很快的步子,带着操心的脸相,巡查整个园子,领着这个旧日受他培养的人观看所有的花房、温室、室内种植场以及两个被他称为"我们这个世纪的奇迹"的养蜂场。

他们走啊走的,太阳却已经升起来,光芒四射,照亮了园子。天气暖和了。柯甫陵预感到这一天会晴朗,欢畅,漫长,他记起现在还刚值五月初,前面还有整个夏季,也是这样晴朗,欢畅,漫长,于是他的胸中突然产生他童年时代在园子里跑来跑去的时候体验过的那种欢欣而清新的感觉。他自己就也拥抱老人,温情脉脉地吻他。两个深深感动的人走回正房,开始用古老的瓷杯喝茶,加上鲜奶油,吃着滋养人的奶油鸡蛋面包,这些小事又使得柯甫陵记起他的儿童时代和青年时代。美好的现在同在他心头重现的过去的印象掺混在一起。他的心被这些东西挤得满登登的,可是他很痛快。

他等着达尼雅醒来,然后跟她一块儿喝咖啡,散步,后来就回到自己的房间,坐下来工作。他专心看书,写笔记,有的时候抬起眼睛来,朝敞开的窗子外面,或者朝桌子上花瓶里还挂着露珠的鲜花瞧一眼,就又埋下头去看书,觉得他每一根小血管都由于愉快而在颤抖和跳动似的。

二

在乡间,他继续过城里那种神经紧张的、不安宁的生活。他看很多书,写很多字,学习意大利文,每逢散步,总是愉快地暗想,不久就又可以坐下来工作了。他睡得很少,使得大家不由得吃惊。如果他白天偶尔睡半个小时,晚上就会通宵失眠,而且,即使一夜没睡,事后也仿佛没有那么回事似的,反而觉得精力旺盛,兴高采烈。

他说很多话,喝很多葡萄酒,吸很多贵重的雪茄烟。住在邻近的小姐们常常到彼索茨基家来,几乎每天来,跟达尼雅一块儿弹钢琴和唱歌。有的时候,邻家的一个青年男子也到这儿来,他善于拉小提琴。柯甫陵贪婪地听音乐和歌唱,后来就累了,这种疲乏在身体上表现出来:他的眼睛闭上,脑袋歪向一边了。

有一天傍晚,喝过茶后,他坐在露台上看书。这时候,在客厅里,达尼雅唱女高音,另一位小姐唱女低音,青年男子拉小提琴,三个人正在练习勃拉加的著名的小夜曲①。柯甫陵听着歌词,那是俄文歌词,他却无论如何也听不懂歌词的意思。最后他放下书,专心听,才听懂了:原来有个姑娘凭着病态的想象,一天晚上在花园里听到某种神秘的声音,它非常美妙,奇特,使人只能认为这是神圣的和声,总之,我们凡人听不懂,因此它飞回天上去了。柯甫陵的眼睛开始合上。他站起身来,疲乏地在客厅里走来走去,后来又到大厅里走动。等到歌声停止,他便挽住达尼雅的胳膊,跟她一块儿走到露台上。

"今天从一清早起,我就一直在想一个传说,"他说,"我不记得这个传说是我在哪本书上看到的呢,还

---

① 指《瓦拉儿亚传说》,系葡萄牙作曲家勃拉加(1843—1924)所作。据米哈依尔·契诃夫在《在契诃夫周围》中回忆说,契诃夫认为"这首歌有点神秘,充满优美的浪漫主义色彩"。——俄文本编者注

是听来的,总之这个传说有点离奇,荒诞不经。一开头,这个传说含糊不清。一千年前,有个穿着黑衣的修士在叙利亚或者阿拉伯的荒漠上行走。……渔民们在离这个修士走动的荒漠几英里①远的地方看见另一个黑修士在湖面上慢慢地走动。第二个修士是幻影。现在请您忘掉光学上的一切定律,这个传说似乎不承认那些定律。请您听下去。这个幻影化出另一个幻影,随后又化出一个幻影,因此黑修士的形象从这个大气层传到那个大气层,没完没了。人们时而在非洲,时而在西班牙,时而在印度,时而在北极看见他。……最后他走出地球的大气层,如今正在整个宇宙漫游,一直没有遇到一种可能使他消失的环境。说不定如今可以在火星上或者在南十字星座的一个星星上看见他。不过,我亲爱的,这个传说的要点在于,从那个修士在荒漠上走动以后,过上整整一千年,幻影又会落到地球的

---

① 1英里等于1.609公里。

大气层来,人们又会看见他。这一千年似乎已经满期了。……按那个传说的意思,我们很快就会看到这个黑修士。"

"奇怪的幻影。"达尼雅说,她不喜欢这个传说。

"不过,最奇怪的是,"柯甫陵说,笑起来,"我再也想不起来这个传说是怎样来到我脑子里的。是我在哪本书上看到的?是听人说的?或者,也许是我梦见了这个黑修士?我对上帝起誓:我记不得了。可是这个传说却盘踞在我的脑子里。我今天想了它一整天了。"

他让达尼雅回到她的客人那儿去,然后独自走出正房,陷入沉思,在一个花坛旁边走来走去。太阳已经落下去。花刚刚浇过水,冒出湿润而刺鼻的香气。正房里那些人又唱起歌来。远远听去,小提琴的声音仿佛是人的歌声。柯甫陵紧张地思索着,竭力回忆他是在什么地方听到或者读到这个传说的。他一面想,一面从容不迫地往花园走去,不知不觉地来到岸坡上。

他沿着陡峭的岸坡上一条夹在裸露的树根中间的小径向下走去。他走到水边,惊动了那儿的鹬鸟,吓飞了两只鸭子。在那些阴沉的松树上,这儿那儿还闪着落日的残晖,然而河面上已经是一片苍茫的暮色。柯甫陵顺着一道小桥走到河对岸。在他面前展现一片广阔的田野,上面长满还没开花的嫩黑麦。远处不见人家,也没有一个人影。如果顺着小径走去,仿佛就会走到一个没人知道的、神秘的地方,一个太阳正在朝那儿落下去、晚霞正在辉煌地燃烧的地方。

"这儿多么宽广,自由,安静啊!"柯甫陵顺着小径走去,心里想,"似乎整个世界都在看着我,躲在那边等我去了解。……"

可是这时候,黑麦地里掀起一个个的波浪,清新的晚风温柔地吹拂他那没戴帽子的脑袋。过了一分钟又来一阵风,不过这次风势猛得多,黑麦开始沙沙地响,他身后传来松林低沉的抱怨声。柯甫陵惊讶地站住。地平线上仿佛起了一阵旋风或者龙卷风,从地面到天空竖起一根又高又黑的立柱。它的轮廓不清楚,不过头一眼就可以看清它不是在原地站定,而是非常迅速地移动着,正好往这边,直朝着柯甫陵这边移来。它离得越近,反而变得越小,越清楚。柯甫陵赶紧往旁边黑麦地里闪避,好让它过去,差一点他就来不及了。……

一个修士,穿着黑衣服,满头白发,两道黑眉毛,胳膊交叉在胸前,飞也似的闪过去了。……他的光脚没碰到地面。他已经飞出两三俄丈远,却回过头来看柯甫陵一眼,对他点头,向他亲切而又狡猾地微微一笑。可是那张瘦脸多么苍白,苍白得可怕!他又渐渐变得越来越大,飞过河去,不出声地撞在黏土岸坡和松树上,钻进去,像烟子般消失了。

"嘿,瞧……"柯甫陵嘟哝说,"可见,那传说是真的。"

他没有费力去弄清楚这种古怪的现象究竟是怎么回事,光是暗自庆幸,他竟然这么近、这么清楚地看见了这个修士,不仅看见他的黑衣服,而且看见他的脸和眼睛,他愉快而又激动地走回正房去了。

花园里和果园里,人们平静地走来走去,房子里的人正在玩乐,这样看来,只有他一个人瞧见了修士。他本来很想把这件事告诉达尼雅和叶果尔·谢敏内奇,然而他转念一想,他们一定会把他的话当作梦呓,这会使他们害怕,那还是不提为好。他放声大笑,唱歌,跳玛祖卡舞,心里高兴。所有的人,包括客人和达尼雅,都发现他今天的脸容有点特别,神采焕发,充满灵感,很招人喜欢。

三

晚饭后,客人们走了,他就走回自己的房间,在一张长沙发上躺下来:准备想一想那个修士。可是过了一会儿,达尼雅走进来了。

"喏,安德留沙,您看看我父亲的论文吧,"她递给他一叠小册子和校样,说,"出色的论文。他写得好极了。"

"得了吧,说什么'好极了'!"叶果尔·谢敏内奇跟着她走进来,勉强笑着说。他觉得不好意思了。"劳驾,你别听她的,别看这些东西!不过呢,要是你想睡觉,那不妨读一读,这倒是挺好的安眠药呢。"

"依我看来,这是些精彩的论文,"达尼雅深信不疑地说,"您看一看吧,安德留沙,而且劝爸爸多写点。他满可以写一本园艺学大全哩。"

叶果尔·谢敏内奇不自然地笑起来,涨红了脸,开始讲些凡是受窘的著作家照例会说的话。最后,他让步了。

"既是这样,那你就先看果谢的论文和这些俄国文章吧,"他喃喃地说,伸出发抖的手,翻动那些小册子,"要不然你会看不懂的。在看我的反驳以前,先得知道我反驳的是什么意见。不过,这都是胡说八道……乏味得很。而且,现在好像也该睡觉了。"

达尼雅走了出去。叶果尔·谢敏内奇挨着柯甫陵在长沙发上坐下,深深叹一口气。

"是啊,孩子……"他沉吟了一会儿,说,"事情就是这样,我亲爱的硕士。你瞧,我写论文,参加展览,接受奖章。……人家说,彼索茨基的苹果有人的脑袋那么大,又说彼索茨基靠果园挣下一份家业。一句话,柯楚别依又有钱又有名[①]。可是请问:这一切究竟是为了什么?这确实是一个好园子,模范的园子。……这简直不是园子,而是一个重要的、具有全国性意义的机构,因为这个园子可以说是向俄国农业和俄国工业的新纪元跨出了一步。可这为的是什么?它的目标是什么?"

"事业本身自会说明的。"

"我说的不是这个意思。我是想问:我死后这个园子会怎么样?你眼前看见的这个园子的面貌,缺了我,就连一个月也维持不了。成功的秘诀不在于园子

---

① 普希金的《波尔塔瓦》中的诗句。——俄文本编者注

大,工人多,而在于我爱这个事业,你明白吗?也许比爱我自己还要深得多。你看我,什么事都亲自动手做。我从早干到晚。我亲自嫁接,亲自剪枝,亲自栽种,样样工作都是我亲自干。有人来帮我,我就嫉妒,而且气愤,甚至说出粗鲁的话来。关键在于爱,那就是说,在于主人的一双敏锐的眼睛,在于主人的两只手,在于主人的那种感觉:不论到哪儿做客,只要坐上个把钟头,就会心神不定,浑身不自在,生怕园子里会出事。可是我一死,谁来照管它呢?谁来工作?花匠?工人?是吗?我干脆对你说吧,亲爱的朋友:我们事业的头号敌人不是兔子,不是五月金龟子,也不是霜冻,而是不相干的外人。"

"那么达尼雅呢?"柯甫陵笑着问道,"她总不可能比兔子还有害。她爱这个事业,也了解它。"

"不错,她爱它,了解它。如果我死后,由她掌管这个园子,做主人,那当然再好也没有了。不过,求主别让这种事发生才好,要是她出嫁了呢?"叶果尔·谢敏内奇小声说着,惊恐地瞧着柯甫陵。"问题就在这儿!她嫁了人,生儿养女,就没有工夫顾到这个园子了。我最担心的就是她跟一个小伙子结了婚,而那个人贪心,把园子租给女商人,那么不出一年,就全完蛋了!在我们的事业里,女人总是上帝降下的大祸害!"

叶果尔·谢敏内奇叹口气,沉默一会儿。

"也许这是利己主义吧,不过我要说老实话,我可不希望达尼雅出嫁。我担心!现在有位大少爷,常带着小提琴到我们这儿来,吱吱哇哇地拉一阵。我知道达尼雅不会嫁给他,知道得很清楚,可是我一见到他,还是受不了!总之,老弟,我实在是个大怪人。这我承认。"

叶果尔·谢敏内奇站起来,激动得在房间里走来走去。看得出来,他有很重要的话要说,却又下不了决心。

"我十分喜欢你,我要开诚布公地跟你谈谈,"他说,终于下定决心,把两只手插进衣袋,"我总是老老实实地对待某些微妙的问题,把我想的照直说出来,所谓秘而不宣的思想我是受不了的。我要照直说出来:只有把女儿嫁给你,我才放心。你是有才学的人,心肠好,不会让我心爱的事业白白毁掉。主要的原因是我像爱儿子那样爱你……而且为你骄傲。要是你和达尼雅情投意合,那才好,我会很高兴,甚至感到幸福。这些话我照诚实的人那样,没有装腔作势,照直说出口了。"

柯甫陵笑起来。叶果尔·谢敏内奇推开门,要走出去,却在门口站住了。

"要是你和达尼雅生下儿子,我就把他培养成园艺家,"他沉吟一下,说,"不过,这都是空想。……晚安。"

剩下柯甫陵一个人,他就躺得舒服点,拿起那些论文。一篇论文的题目是《论间作》,另一篇是《略谈某君关于新果园中翻掘土地的意见》,再一篇是《再论休眠幼芽之芽接》,其他各篇也全是这一类内容。然而,那口气多么烦躁不安,多么神经质,几乎是病态的冲动!例如有一篇文章,题目根本不是论战性的,内容也极平淡,讲的是俄国安东诺夫卡苹果。可是叶果尔·谢敏内奇的文章一开头就说:"请听另一方申诉"①,结尾是:"此于智者何待多言"②,在这两句名言中间夹着各式各样的恶毒字眼,滔滔不绝地痛骂那些"貌似博学的无知之徒,我们那些从讲台高处观察自然的园艺大师先生们",或者痛骂果谢先生,"他之成名是由外行和一知半解之徒造成的",接着还不恰当地添了一句生硬而不诚恳的慨叹,说是可惜如今不能用树条抽打那些偷盗水果、折断树枝的农民了。

"这是美好、可爱、有益的事业,可是就连在这项事业里,人们也会意气用事,吵架,"柯甫陵暗想,"大概各处,在各个领域里,有思想的人都具有神经质和高度敏感的特点。恐怕一定是这样的。"

---

①② 原文为拉丁语。

他想起达尼雅,她很喜欢叶果尔·谢敏内奇的论文。她身量不高,脸色苍白,身材挺瘦,连锁骨都露出来了。她那两只聪明的黑眼睛睁得大大的,老是凝望着什么地方,似乎在寻找什么东西,她的步子跟她父亲一样,细碎而匆忙。她谈锋很健,喜欢争论,而且每说一句话,甚至不重要的话,脸上总是带着丰富的表情,同时,做着生动的手势。大概她是个高度神经质的人。

柯甫陵接着看那些论文,然而一点也看不懂,就丢下了。刚才他跳玛祖卡舞、听音乐时那种愉快的兴奋心情现在又抓紧他,在他脑子里引出许许多多思想。他站起来,开始在房间里走来走去,想着黑修士。他猛地想到,如果这个古怪而神秘的修士只有他一个人看见,那就说明,他有病,而且已经发展到生出幻觉的地步。这个想法把他吓坏了,然而不久就过去了。

"不过说真的,我挺好,没有干什么有害于人的事,可见我的幻觉也没有什么坏处。"他暗想,又觉得心头舒畅了。

他在长沙发上坐下,两只手抱住头,克制着那种充满他全身心的、不可理解的欢乐,然后又走来走去,最后坐下来工作。可是他在书上读到的思想已经不能使他感到满足了。他渴望一种巨大的、辽阔的、惊人的境界。将近早晨,他脱掉衣服,勉强在床上躺下:应该睡觉了!

等到叶果尔·谢敏内奇走向园子的脚步声响起来,柯甫陵就摇摇铃,吩咐听差拿酒来。他津津有味地喝了几杯拉斐特①,然后拉过被子来蒙上头,他的知觉渐渐模糊,他睡着了。

四

叶果尔·谢敏内奇和达尼雅常常拌嘴,互相讲些不中听的话。

---

① 法国拉斐特地方产的一种红葡萄酒。

有一天早晨,他们又为一件什么事争吵起来。达尼雅哭了,跑回自己的房间。她没有出来吃午饭,也没有出来喝茶。起初,叶果尔·谢敏内奇威风凛凛,神气十足地走来走去,仿佛想叫人知道,对他来说,维护公正和秩序高于一切;可是不久他就端不住架子,泄气了。他伤心地在花园里走来走去,不住地叹气:"哎,我的上帝,我的上帝啊!"午饭时候,他一口东西也没吃。最后他被良心折磨着,感到愧悔,就敲那关紧的房门,胆怯地唤道:

"达尼雅!达尼雅!"

门里响起一个衰弱的、哭累的,同时又坚决的声音,回答他的呼唤道:

"别理我,我求求您。"

主人们的苦恼影响整所房子里的人,甚至还影响在园子里干活的人。柯甫陵埋头做他有趣的工作,可是最后连他也觉得烦闷,不自在了。为了设法消除普遍的恶劣心情,他决定出头调停。快到傍晚的时候,他就去敲达尼雅的房门。她把他让进自己的房间。

"哎呀,多么丢人啊!"他吃惊地瞧着达尼雅那张带着泪痕、有好几处发红、神情悲伤的脸,打趣地说,"难道有这么严重吗?哎呀—呀!"

"您要是知道他怎样折磨我就好了!"她说着,热泪从她的大眼睛里涌出来,"他尽自折磨我!"她接着说,绞着手,"我没对他说什么……没说什么……我只是说,不必留用……多余的工人,如果……如果以后需要的话,雇些短工也就行了。要知道……要知道,工人们已经有整整一个星期没有活干了。……我……我只说了这么几句,他就哇啦哇啦地嚷起来,对我说了许多……十分气人的、使人深感屈辱的话。这是为什么?"

"得了,得了,"柯甫陵说,理着她的头发,"你们吵了一阵,你哭了一阵,也就够了。不能老是气呼呼的,这不好……况且他又无限地疼爱你。"

"他……他毁了我的一生,"达尼雅啜泣着说下去,"我光是听到伤人的话和……气人的话。他认为我在他家里是多余的人。可不是!他说得对。明天我就离开这儿,去当个电报员。……就这么办。……"

"算了,算了,算了。……别哭了,达尼雅。别哭了,亲爱的。……你们俩都是急脾气,容易激动,两个人都有错。走吧,我来给你们讲和。"

柯甫陵讲得又亲热又有理,可是她继续哭泣,抽动肩膀,双手握拳,仿佛她真的遭到什么灾难似的。她的痛苦不算大,她却难过得这么厉害,他就越发怜惜她了。只要有那么一丁点儿小事,就足以使得这个人一整天感到不幸,而且也许一辈子都会感到不幸!柯甫陵一面安慰达尼雅,一面暗想:在这个世界上,除了这个姑娘和她的父亲以外,就是白天打着灯笼,也找不到有谁会像爱自家人和亲人那样爱他。要不是有这两个人,那么他这个在幼年就失去父母的人,也许一直到死都不会体验到什么叫作真诚的温存,什么叫作纯朴的、不经思考的、只有对骨肉至亲才会产生的热爱。他感到这个哭泣着、浑身发颤的姑娘的神经如同铁适应磁石一样,恰好适应他那有点病态的、过分紧张的神经。他从来也没能爱上一个健康结实、脸颊绯红的女人,而苍白、孱弱、不幸的达尼雅倒正中他的意。

他欣喜地摩挲她的头发和肩膀,握紧她的双手,擦掉她的眼泪。……最后,她总算不再哭了。她又久久地抱怨她的父亲,抱怨她在这所房子里的沉重而难于忍受的生活,要求柯甫陵替她设身处地考虑一下,后来,她渐渐露出笑脸,叹着气说,上帝给了她这么坏的脾气,最后她扬声大笑,骂自己是个傻瓜,就跑出房外去了。

过了一会儿,柯甫陵走进花园,看见叶果尔·谢敏内奇和达尼雅并排在林荫路上散步,就像根本没发生过什么事似的。他们俩正在吃加盐的黑面包,因为两个人都饿了。

五

柯甫陵想到自己十分成功地做了一次和事佬,暗暗觉得满意,信步走进花园。他坐在一条长凳上沉思,后来听见马车的辘辘声和女人的笑声,这是客人们来了。黄昏的阴影在园子里铺开,小提琴的声音和唱歌的声音隐约传来,这使他想起了那个黑修士。现在,这个在光学上不合理的东西在什么地方,在哪个国家,或者在什么行星上飞翔呢?

他刚刚回想那个传说,在想象中描绘他在黑麦田里见过的那个黑色幽灵,不料从正对面一棵松树后面,无声无息,不带一丁点响声地走出来一个中等身材的人,满头白发,没戴帽子,一身黑衣服,光着脚,像是个乞丐。在他那苍白得像死人一般的脸上,两道黑眉毛特别显眼。这个乞丐或者香客,不出声地走到长凳这边来,客气地点点头,坐下来,柯甫陵认出他就是黑修士。两个人互相看了一会儿,柯甫陵感到惊愕,修士却显得亲切,而且跟上次一样带点狡猾的样子,现出胸有成竹的神情。

"你是个幻影,"柯甫陵说,"那你为什么到这儿来,坐着不动呢?这跟那个传说不相符。"

"那也没关系,"修士沉吟一下,用低抑的声音回答说,掉转脸来对着柯甫陵,"传说、幻影、我,都是你的兴奋的想象的产物。我是个幽灵。"

"那么你并不存在?"柯甫陵问。

"你爱怎么想就怎么想吧,"修士说,淡淡一笑,"我生存在你的想象里,而你的想象是大自然的一部分,可见我也生存在大自然里。"

"你有一张十分苍老,聪明,极富于表情的脸,仿佛你真的活了一千多年,"柯甫陵说,"我想不到自己的想象竟能创造出这样的容貌。不过你为什么这么着迷地瞧着我?你喜欢我吗?"

"是的。有少数人被公正地称为上帝的选民,你就是其中的一个。你为永恒的真理服务。你的思想,愿望,你的惊人的学识,你的全部生活,都带着神的、天堂的烙印,因为你把它们献给合理而美好的事业,也就是说,献给永恒的事业。"

"你先前说到'永恒的真理'。……可是,如果没有永生,人类能够理解而且需要永恒的真理吗?"

"永生是有的。"修士说。

"你相信人类永存不朽?"

"是的,当然。伟大而灿烂的未来正在等待你们人类。人世间像你这样的人越多,这个未来就实现得越快。缺了你们这种为最高原则服务、自觉而且自由地生活着的人,人类就会变得渺不足道。人类按自然法则去发展,那就还得等待很久才能结束它俗世的历史。你们却能够提前几千年把人类引导到永恒的真理的王国中去,你们崇高的功绩也就在这里。你们体现了上帝赐给人类的幸福。"

"那么永生的目的是什么呢?"柯甫陵问。

"如同一切生活的目的一样,是快乐。真正的快乐在于知识,永生为知识提供了取之不尽的无数源泉。《圣经》上有一句话,说的就是这个意思:'在我父的家里,有许多住处'①。"

"但愿你能知道,听你讲话是多么愉快!"柯甫陵满意地搓着手,说。

"我很高兴。"

"可是我知道,你一走,我就会为你是否实际存在的问题感到烦恼。你是幻影,幻觉。这样看来,我恐怕神经有病,不正常?"

"就算是这样吧。这有什么可慌张的?你有病,这是因为你工作过度,疲乏了。这就是说,你为思想而牺牲了健康;而且,你为思想而献出生命的时候也不远

---

① 见《新约·约翰福音》,第14章:耶稣说:"在我父的家里,有许多住处;若是没有,我就早已告诉你们了;我去原是为你们预备地方去。……我在那里,叫你们也在那里。……我就是道路,真理,生命;若不借着我,没有人能到父那里去。"

了。还有比这更好的吗？这正是一切由上帝赐予才能的高尚人物所追求的目标。"

"要是我知道我神经有病，那我还能相信自己吗？"

"你怎么知道，为全人类所信仰的那些天才就没有见过幻影？现在科学家都说，天才和疯狂是沾亲的。我的朋友，只有那些平庸的芸芸众生才是健康、正常的。凡是想到令人神经紧张的时代、过度的疲劳、退化等等就焦急不安的人，只能是那些认为生活目标就在现世的人，也就是芸芸众生。"

"罗马人说过：健全的精神寓于健全的身体。①"

"罗马人或者希腊人所说的不一定都对。情绪的高扬、心情的激越、如醉如痴的状态等，所有这些把先知、诗人、为思想而蒙难的人同普通人区别开来的特点，都是与人的兽性的一面不相容，也就是与人的生理

---

① 原文为拉丁语。

上的健康不相容的。我再说一遍:如果你希望健康和正常,那就去做凡夫俗子吧。"

"奇怪,你在重述我自己常常想到的话,"柯甫陵说,"你好像窥探到、偷听到我隐秘的思想似的。可是,不要老是谈我吧。你所说的永恒的真理是什么意思?"

修士没有回答。柯甫陵凝神看着他,却瞧不清他的脸:他的脸变得模模糊糊。随后修士的脑袋和手消失了,他的身体同长凳和苍茫的暮色混在一起,随后他完全不见了。

"幻觉结束了!"柯甫陵说,笑起来,"可惜啊。"

他高兴而幸福,走回正房去。黑修士对他所说的那几句话不仅使他的自尊心得到满足,而且使他的整个灵魂,他的全身心都感到舒畅。做一个选民,为永恒的真理服务,站在那些提前几千年使人类进入上帝之国的人们中间,也就是站在使人类避免几千年斗争、犯罪、痛苦的人们中间,为思想献出一切,包括青春、精力、健康等,为公众的幸福不惜一死,这是多么崇高、多么幸福的命运啊!他的记忆里闪过他纯净清白而又充满辛劳的过去,他想起他自己学过,如今用来教导别人的学问,断定修士的话不算夸大。

达尼雅来到花园里,向他迎面走过来。她换了一身衣服。

"您在这儿?"她说,"我们在找您,找了很久。……可是您怎么了?"她惊讶地说,瞧着他那得意扬扬、容光焕发的脸,瞧着他那对含满泪水的眼睛,"您多么奇怪呀,安德留沙。"

"我心满意足了,达尼雅,"柯甫陵说,把手放在她的肩膀上,"我还不止是满意,我感到幸福!达尼雅,亲爱的达尼雅,您是个非常惹人喜爱的人。亲爱的达尼雅,我高兴极了,高兴极了!"

他热烈地吻她的双手,接着说:

"我刚才经历了一段光明美妙、人间少有的时光。可是我不能原原本本讲给您听,因为您会把我叫作疯子,或者不信我的话。我们来谈谈您吧。亲爱的、好心的达尼雅!我爱您,依恋您,这是自然而然形成的。跟您接近,每天跟您见十次面,成了我灵魂的需要。我不知道日后我走了,回到我家里,没有了您,我怎么过得下去。"

"得了吧!"达尼雅说着,笑了起来,"您过两天就会把我们忘掉的。我们是小人物,而您是大人物。"

"不,我们要认真地谈一谈!"他说,"我要带您一块儿走,达尼雅。行吗?您肯跟我一块儿走吗?您愿意属于我吗?"

"得了吧!"达尼雅说,想再笑一笑,可是笑不出来,脸上却现出一块块红晕。

她呼吸急促起来,越走越快,然而不是往正房走,却是往花园深处走去。

"我没想过这种事……没想过!"她说,仿佛绝望似的绞着手。

柯甫陵跟在她身后,仍旧带着容光焕发、得意扬扬

的神情说:

"我需要一种能够把我整个儿抓住的爱情,这种爱情只有您,达尼雅,才能够给我。我幸福!我幸福啊!"

她怔住了,弯下腰,缩起身子,仿佛一下子老了十岁,他呢,觉得她美丽,大声说出他的痴迷:

"她多么漂亮啊!"

六

叶果尔·谢敏内奇从柯甫陵口中得知,不但恋爱已经成功,甚至就要举行婚礼,便从这个墙角走到那个墙角,走了很久,极力要遮盖他的兴奋。他的手开始发抖,脖子发粗,脸孔涨得通红。他吩咐人把那辆赛马用的车子准备好,然后坐上车不知上哪儿去了。达尼雅看见他用鞭子抽马,把帽子使劲往下拉,几乎遮住耳朵,就明白他的心境,关在自己房间里哭了一整天。

艺　术　集

温室里的桃子和李子已经熟了。把这种娇嫩精巧的货物打包,运到莫斯科去,这需要费很多的精神、劳力和心血。由于这年夏天十分炎热干燥,每一棵树都要浇水,这又得花去不少的时间和劳力。出现了许多毛毛虫,工人们干脆用手指头把它们捻死,连叶果尔·谢敏内奇和达尼雅也照这样做,弄得柯甫陵直恶心。尽管这样忙,他们还得接受水果和树木的秋季订货,写很多信。正在这紧张万分、似乎谁也没有一刻空闲的当儿,偏偏碰上农忙时节有一大半工人从果园里给弄到田里去干农活了。叶果尔·谢敏内奇被太阳晒得很黑,累得筋疲力尽,净发脾气,骑着马时而跑进果园里,时而跑到田野上,嚷着说,他已经忙得浑身散了架,要朝脑门子放一枪了。

此外,还得忙着准备嫁妆,彼索茨基一家人对这件事看得很重。剪刀的铿锵声、缝纫机的嗒嗒声、熨斗里的煤烟、女裁缝(一个性情急躁而爱生气的女人)的任性,弄得家里所有的人都头昏脑涨。而且,仿佛故意捣乱似的，每天都有客人来，那就得陪他们玩乐，供他们吃喝，甚至留他们过夜。然而，所有这些苦事都不知不觉过去了，像在雾里一样。达尼雅虽然从十四岁起，不知什么缘故，就相信柯甫陵一定会跟她结婚，现在却又觉得爱情和幸福仿佛突如其来地抓住了她。她惊讶，困惑，不相信自己。……有的时候，她心头忽然涌起那么巨大的欢乐，她恨不得飞到云端，对上帝祷告；有的时候，她忽然想起八月间就得离开这个亲人的家，撇下她父亲一个人没人照料；再不然，上帝才知道为什么，她忽然想到自己浅薄，渺小，配不上柯甫陵这样的大人物，于是她便回到自己的房间，锁紧门，哀哀地一连哭上几个钟头。遇到有客人在座，她会忽然觉得柯甫陵异常漂亮，所有的女人都爱他，嫉妒她，她的灵魂就充满快乐和骄傲，仿佛她征服了全世界似的。可是只要他对某位小姐客气地笑一笑，她就嫉妒得周身发抖，走回自己的房间，又痛哭一场。这些新的感觉完全控制了她，她心不在焉地帮着父亲干活，心里却没有去想桃子、毛毛虫、工人们,也没有想到,光阴过得有多么快。

叶果尔·谢敏内奇也几乎一样。他从早做到晚,老是忙着赶到什么地方去,常发脾气,冒火,然而这一切都像是在半睡半醒的着魔状态中发生的。他身子里似乎有两个人:一个是真的叶果尔·谢敏内奇,听到花匠伊凡·卡尔雷奇对他报告说出了什么麻烦,就生起气来,绝望地抱住头;另一个是假的,仿佛半醉半醒,往往谈着正事,忽然半中腰打住,碰一碰花匠的肩膀,嘟哝起来:

"不管你怎么说,血统总是有很大关系的。他母亲是个极好、极高尚、极聪明的女人。瞧着她那张善良、开朗、纯洁、像天使般的脸,就是一种享受。她擅长绘画,写诗,说五种外国话,唱歌。……这个可怜的女人得肺痨病死了,祝她升天堂。"

假的叶果尔·谢敏内奇叹口气,沉吟一下,接着说:

"当初他年纪还小,在我家里长大的时候,他那张脸也像天使一样,开朗而善良。他的目光也好,他的动作也好,他的谈吐也好,都像他的母亲那样温柔文雅。至于他的头脑,他那种聪明才智素来使得我们暗暗吃惊。当然,他不是平白无故当上硕士的!不是平白无故的!你等着瞧吧,伊凡·卡尔雷奇,十年以后你再看他是什么样儿!那时候他会升得更高,你伸出手去都摸不着了!"

可是这当儿,真的叶果尔·谢敏内奇醒过来了,做出可怕的脸色,抱住头,嚷道:

"真要命!全给糟蹋了,全给弄坏了,一团糟!这个园子完蛋了!这个园子完蛋了!"

可是柯甫陵跟先前一样专心致志地工作,没留意到这种杂乱的情况。爱情使他对工作更加入迷了。每次他跟达尼雅相会以后,他总是幸福而得意地走回自己的房间,怀着刚才吻达尼雅并且对她表白爱情的那种热情拿过书本或者他的手稿来。黑修士所说的那些关于上帝的选民和永恒的真理的话,关于人类的灿烂的未来的话,给他的工作增添了特殊的、不平凡的意义,使得他的灵魂充满自豪感,意识到自身的崇高。每个星期总有一两次,他在花园里或者在正房里遇见那个黑修士,跟他谈很久的话,不过这没有使他害怕,反而使他高兴,因为他已经坚定地相信,这类幻影只会访问那些出类拔萃、为思想而工作的上帝的选民。

有一回,修士在吃午饭的时候出现,坐在饭厅里的窗子边。柯甫陵暗自高兴,就很巧妙地对叶果尔·谢敏内奇和达尼雅谈一些可能使修士感兴趣的话。那个穿黑衣的来客听着,亲切地点点头。叶果尔·谢敏内奇和达尼雅也听着,快活地微笑,没料到柯甫陵不是在跟他们谈话,而是在跟他的幻影说话。

不知不觉到了圣母升天节①的斋期,随后不久,就举行了婚礼。依照叶果尔·谢敏内奇的固执的愿望,

---

① 基督教节日,在8月15日。

婚礼办得"十分体面",那就是说,毫无意义的酒宴足足延续了两天两夜。食品和酒类用掉三千卢布,可是由于那雇来的、不高明的乐队,由于吵吵闹闹的敬酒和听差的奔跑,由于喧哗和拥挤,大家都没有仔细品尝贵重的葡萄酒以及从莫斯科定购来的冷荤菜的美味。

七

有一回,在一个漫长的冬夜,柯甫陵躺在床上,看一本法国小说。可怜的达尼雅在城里住不惯,每到傍晚就头痛,这时候早已睡着,偶尔在梦乡中说出几句不连贯的话。

时钟敲了三下。柯甫陵吹熄蜡烛,躺了下去。他闭着眼睛躺了很久,可是睡不着。他觉得卧室里很热,而且达尼雅在说梦话。到四点半钟,他又点亮蜡烛,这时候,他看见黑修士坐在床旁边一张圈椅上。

"你好,"修士说,他沉默了一会儿,问道,"现在你在想什么?"

"想名望,"柯甫陵回答说,"在我刚才读的一本法国小说里描写一个人,是个年轻的学者,他做了些蠢事,因为渴求名望而憔悴。这种渴求在我是不可理解的。"

"因为你聪明。你对名望很冷淡,就跟对待你不感兴趣的玩具一样。"

"对,这是实话。"

"名望吸引不了你。人家把你的名字刻在墓碑上,可是时间却会抹掉你的名字以及字上的金粉;像这样的事又有什么使人觉得荣耀、有趣、有益的地方呢?再者,你们人数太多,人类薄弱的记忆力不可能保存你们的姓名,这倒是件幸事。"

"当然,"柯甫陵同意说,"而且何必记住它们呢?不过我们谈点别的吧。例如,谈谈幸福。幸福是什么呢?"

时钟敲了五下,柯甫陵却坐在床沿上,两只脚耷拉

到地毯上,对修士说:

"古时候有个幸福的人,后来却被他的幸福吓坏了,他的幸福太大了。他为了求天神大发慈悲,就把他心爱的戒指献给天神,作为祭品。你知道吗,我也像波利克拉特斯①那样,开始为我的幸福感到有点不安了。我觉得奇怪:我一天到晚光是感到快乐,它充满我的整个灵魂,压倒其他一切感觉。我没有体会到什么叫作忧郁、悲伤或者烦闷。现在我睡不着觉,我害了失眠症,可是我却不觉得烦闷无聊。说真的,我开始觉得纳闷了。"

"这是为什么呢?"修士惊讶地说,"难道快乐是超自然的感觉?难道它不应当是人的正常状态?一个人在智力上和道德上发展的水平越高,他越自由,那么,生活给他提供的乐趣就越大。苏格拉底、第奥根尼、马可·奥勒留②都感到快乐,而不是感到悲哀。

---

① 波利克拉特斯,公元前6世纪萨摩斯岛上的僭主。
② 马可·奥勒留(121—180),罗马皇帝,斯多葛派最后一个大哲学家。

而且《使徒行传》里说：要经常快活。你快活，就幸福了。"

"可是万一天神生气了呢？"柯甫陵打趣地说，笑起来，"要是他们使我失去安乐的环境，逼得我受冻挨饿，那可就不是滋味了。"

这当儿，达尼雅醒了过来，带着惊讶和恐惧的神情瞧着她的丈夫。他正对着圈椅说话，比手势，发笑。他的眼睛炯炯发光，笑声有点古怪。

"安德留沙，你在跟谁说话呀？"她问，抓住他向修士伸过去的手，"安德留沙！跟谁呀？"

"啊？跟谁？"柯甫陵说，慌了，"喏，跟他。……他就在那儿坐着。"他指着黑修士说。

"这儿没有人……没有人啊！安德留沙，你病了！"

达尼雅抱住她的丈夫，偎紧他，仿佛要保护他，不让幻影危害他似的。她伸手蒙住他的眼睛。

"你病了！"她说，哭起来，周身发抖，"原谅我，亲爱的,我早就看出你有点精神恍惚。……你的神经出了毛病,安德留沙。……"

她的颤抖也感染了他。他再看一眼那把圈椅,圈椅上已经没有人了。他忽然觉得胳膊和腿发软,害怕了,着手穿衣服。

"这没什么,达尼雅,没什么……"他喃喃地说,身子发抖,"我真的有点不舒服……现在不能不承认这一点。"

"我早就看出来了……爸爸也看出来了,"她说,极力要止住哭泣,"你常常自言自语,而且笑得有点古怪……你睡不着觉。啊,我的上帝,我的上帝啊,拯救我们吧!"她惊慌地说,"可是你别害怕,安德留沙,别害怕,看在上帝分上,别害怕。……"

她也开始穿衣服。直到现在,柯甫陵看着她,才明白他的情况有多么危险,也才明白黑修士以及跟黑修士谈话是怎么回事。现在他才明白他疯了。

两个人,自己也不知道为什么,都穿上衣服,走进客厅。她在前面走,他在后面跟。在他们家里做客的叶果尔·谢敏内奇被哭声惊醒,穿着长袍,手里举着蜡烛,站在客厅里。

"你别害怕,安德留沙,"达尼雅说,像得了热病似的浑身发抖,"别害怕。……爸爸,这会过去的……会过去的。……"

柯甫陵激动得说不出话来。他原想用开玩笑的口气对他的岳父说:"您给我道喜吧,我好像疯了。"可是他只动了动嘴唇,现出一脸的苦笑。

早晨九点钟,他们给他穿上外衣和皮大衣,系上围巾,用马车把他送到医生那儿去。他开始治病。

八

夏天又来了,医生嘱咐他们下乡。柯甫陵已经复原,不再看见黑修士,现在只需加强体力就行了。在乡下,他住在岳父家里,喝很多牛奶,每天只工作两小时,不喝酒,不吸烟。

契诃夫小说选集

伊里亚节①前夕,家里举行彻夜祈祷。教堂执事把手提香炉拿给司祭,于是在古老而宽敞的大厅里,使人顿时感到有一种类似墓园的气氛。柯甫陵觉得乏味。他就走进园子。他没留意那些艳丽的花朵,只顾在园子里散步。他在一条长凳上坐了一会儿,然后到花园里去散步。他来到河边,走下坡,然后在那儿站住,望着河水出神。那些阴郁的松树以及它们的毛茸茸的树根去年曾看到过他,那时候,他是那么年轻,快乐,朝气蓬勃,如今呢,那些松树不再低声细语,站在那儿一动也不动,默默无言,仿佛认不出他来了。确实,他把头发剪短,漂亮的长发没有了,步子无精打采,他的脸跟去年夏天相比,胖得多,也白得多了。

他走过小桥,来到对岸。那儿,去年生长黑麦的地方,现在放着一排排收割下来的燕麦。太阳已经落下去,天边燃着宽阔的红霞,预告明天要起风。四下里静

---

① 俄国东正教的节日,在8月1日。

悄悄的。柯甫陵朝着去年黑修士初次出现的方向注视,站了大约二十分钟,一直到晚霞开始暗淡下来为止。

等到他无精打采,闷闷不乐地走回正房,晚祷已经结束了。叶果尔·谢敏内奇和达尼雅坐在露台的台阶上喝茶。他们正在谈什么事,可是一看见柯甫陵,就突然住口了。他从他们的脸色断定,他们谈的就是他。

"你好像该喝牛奶了。"达尼雅对她丈夫说。

"不,还没到时候……"他回答,在最下面一级台阶上坐下,"你自己喝吧。我不想喝。"

达尼雅不安地跟她父亲面面相觑,用负疚的声调说:

"你自己也看得出牛奶对你有益。"

"是啊,很有益!"柯甫陵冷笑着说,"我要向你们报喜:从上星期五到现在,我的体重又增加了一磅[①]。"

[①] 指俄磅,1俄磅等于409.5克。

他伸手抱紧头,愁闷地说,"你们何苦给我治病,何苦呢?服溴化剂①啦,洗热水澡啦,接受大家监督啦,吃一口东西、走一步路都要大惊小怪啦,这一切到头来会弄得我变成个白痴。当初我发疯,得了自大狂,可是那一阵子,我倒高高兴兴,朝气蓬勃,甚至感到幸福,我有风趣,有才气。现在呢,我清醒了,稳重了,可是另一方面,我也就跟所有的人一样,庸庸碌碌,活着都没有意思了。……啊,你们对待我多么残忍!我看见幻影,可是这碍了谁的事?我要问:这碍了谁的事?"

"上帝才知道你在说什么!"叶果尔·谢敏内奇叹口气说,"这种话听着都乏味。"

"那您就别听。"

现在,有别人在场,特别是叶果尔·谢敏内奇在场,柯甫陵总是容易生气。他回答叶果尔·谢敏内奇的话老是干巴巴、冷冰冰,甚至粗鲁,而且带着讥诮和

---

① 一种镇静剂。

仇恨的神情瞧着他的岳父；这当儿，叶果尔·谢敏内奇就心里发慌，负疚地噘喉咙，虽然他并没感到自己有什么错处。达尼雅不明白，他们之间亲密和睦的关系为什么会发生急剧的变化，就偎依到她父亲身边，愁闷地瞧他的眼睛。她想把事情弄明白，却又弄不明白，只是清楚地看到他们的关系一天天坏下去，近来她父亲苍老多了，而她的丈夫则变得爱发脾气，使性子，喜欢挑剔，不招人喜欢。她再也不能欢笑和唱歌，吃饭的时候什么也吃不下，夜里睡不着觉，料着会出什么可怕的事，心中十分焦虑，有一次竟处于昏迷状态，从吃午饭的时候起一直躺到傍晚。做晚祷的时候，她觉得她父亲好像在哭，如今他们三人坐在露台上，她就极力按捺自己不去想它。

"释迦、穆罕默德、莎士比亚是多么幸运啊，他们那些好心的亲戚和医生就不去医治他们那种心醉神迷、充满灵感的精神状态！"柯甫陵说，"要是穆罕默德为了医治神经而服用溴化钾，每天只工作两小时，喝牛奶;那么这个了不起的人死后就会什么也没留下,跟他的狗一样。医生和好心的亲戚们归根到底只能使人类变傻,把庸人看作天才,使文明趋于毁灭。要是你们知道,"柯甫陵懊恼地说,"我多么感激你们就好了!"

他憋着一肚子气,怕说出多余的话,就赶快站起来,走进房里去了。房子里静悄悄的。从敞开的窗口飘来园子里烟草和球根牵牛的香气。在大而暗的大厅里的地板上和钢琴上印着月光的绿色斑点。柯甫陵不由得想起去年的欢乐,那时候也有球根牵牛的香气,月光也照进窗子里来。为了恢复去年的心境,他就赶快走到自己的书房里,点上一支烟味很凶的雪茄,吩咐听差拿葡萄酒来。然而雪茄在他嘴里留下一种讨厌的苦味,葡萄酒也没有去年那种香气了。他已经不习惯吸烟喝酒了!一支雪茄和两口葡萄酒弄得他头昏脑涨,心跳起来,他就不得不服用一点溴化钾。

达尼雅在上床睡觉以前对他说:

"我父亲疼爱你。你却不知什么缘故生他的气,弄得他伤心极了。你看,他不是在一天天老下去,而是在一个钟头一个钟头老下去。我求求你,安德留沙,看在上帝分上,看在你死去的父亲分上,为了让我安心,你就待他亲热一点吧!"

"我办不到,也不想办到。"

"这是为什么呢?"达尼雅问,开始周身发抖,"你给我解释一下:为什么?"

"因为我看他不顺眼,就是这么的,"柯甫陵耸耸肩膀,满不在乎地说,"可是我们不要谈他吧,他是你的父亲。"

"我不明白,不明白!"达尼雅说,两手按住鬓角,呆呆地瞧着一个地方出神,"一种不能理解的、可怕的事在我们家里发生了。你变了,不像你原来那样了。……你是个聪明的、不平凡的人,却为一些小事发脾气,吵吵嚷嚷。……一点点小事就会使你激动起来,有的时候简直叫人奇怪,不能相信:莫非这人就是你? 得了,得了,别生气,别生气,"她为自己的话害怕,就接着说,吻他的手,"你聪明,善良,高尚。你会公平地对待我父亲。他多么善良啊!"

"他不是善良,而是和气罢了。像你父亲那样的滑稽老伯伯,长着一张胖胖的、和和气气的脸,十分好客而又有点古怪,从前在小说里,在轻松喜剧里,在生活里,倒是使我感动过,逗得我发笑,可是现在我讨厌他们了。这些人是彻头彻尾的利己主义者。我最讨厌的是他们那种脑满肠肥的模样以及那种酒足饭饱后纯粹公牛式或者公猪式的乐观精神。"

达尼雅在床上坐下,一头倒在枕头上。

"这真是要命,"她说,从她的声调可以听出她苦恼极了,说话很吃力,"自从冬天开了头,不曾有过一分钟的安宁。……这太可怕了,我的上帝! 我苦极了。……"

"是啊,当然,我是希律,而你和你爸爸是埃及的婴儿。① 当然了!"

---

① 按《新约·马太福音》的说法,暴君希律为了除灭刚诞生的耶稣而差人将伯利恒城里并四境所有的男孩,凡两岁以内的都杀尽了。

达尼雅觉得他的脸变得难看,不招人喜欢了。仇恨和讥诮的神情跟他不相称。再者,她先前就看出他的脸上缺了点什么,仿佛从他剪短头发的时候起他的脸容也变了。她想说几句使他伤心的话,可是她立刻发觉自己有怀恨的情绪,就暗暗害怕,走出寝室去了。

九

柯甫陵接受了单独讲课的职务。头一次讲课预定在十二月二日举行,大学的走廊上已经贴出有关这件事的布告。可是到了约定的日子,他却打电报给大学校长,说他因病不能去讲课了。

他害了咯血症。他常常吐血痰,而且一个月有两三次大吐血,在那种时候他非常衰弱,陷入昏睡的状态。这种病没有使他特别害怕,因为他知道他已故的母亲得过同样的病,带着这种病活了十年,甚至还不止十年,医生保证说这种病没有什么危险,叮嘱他,只要不激动,过正规的生活,少说话就行了。

一月间,他的讲课由于同一个原因又没有举行,二月间再开讲已经太迟。只好推延到下一年去。

这时候他已经不是跟达尼雅,而是跟另一个女人生活在一起了,这个女人比他大两岁,把他当作孩子似的照料他。他心境平和而宁静,愿意听她摆布。瓦尔瓦拉·尼古拉耶芙娜(这是他女朋友的名字)打算带他到克里米亚①去,他答应了,虽然预感到这次旅行不会有什么好结果。

他们傍晚到达塞瓦斯托波尔,在旅馆里歇脚,想休息一下,明天动身到雅尔塔去。他们两人都感到旅途劳顿。瓦尔瓦拉·尼古拉耶芙娜喝了茶,就躺下来,很快睡着了。可是柯甫陵没有睡。先前在家里,在动身到火车站去的一个钟头以前,他接到达尼雅写来的一封信,不敢拆开来看,现在这封信放在他的衣袋里,他

---

① 俄国南方的一个疗养地。

一想到这封信就感到不痛快,心里乱糟糟的。如今,在他的灵魂深处,他真诚地认为,他跟达尼雅结婚是做了一件错事,想到终于跟她分手便感到满意。这个女人最后竟然变成一具活尸,在她身上,除了两只凝神望着的、聪明的大眼睛,似乎全都失去了生机,他一想起她,心里就生出怜悯和恼恨自己的感情。信封上的笔迹使他想起两年前他不公平,残忍,由于心灵空虚、烦闷、孤独、对生活不满而拿那些一点错处也没有的人出气。他还想起有一回他把他的论文和他在病中所写的文章统统撕得粉碎,丢出窗外,那些纸片迎风飞舞,粘到树上和花上。他在每一行文字中都看到古怪的、任什么根据也没有的自负,轻浮的寻衅口吻,出言不逊,夸大狂;这些文章使他觉得,他好像在读对他的恶习的描写。然而等到最后一个笔记本撕碎,飞出窗外,不知什么缘故,他忽然觉得烦恼而伤心,就走到他妻子那儿,对她说了许多不中听的话。我的上帝,他把她折磨得好苦!有一回,他有意惹得她难过,就对她说,她父亲在他们的恋爱中扮演了不大体面的角色,因为他要求柯甫陵跟她结婚。偏巧叶果尔·谢敏内奇听见了这句话,就跑进房来,气得一句话也说不出口,只是站在一个地方打转,而且不知怎的,发出古怪的、像牛叫样的声音,仿佛他的舌头没有了。达尼雅瞧着她父亲,发出一声撕裂人心的喊叫,接着就晕倒了。这真不像话。

他瞧着熟悉的笔迹,那些事就纷纷来到他的心头。柯甫陵走到阳台上;天气暖和,没有风,空气中有海水的气味。美妙的海湾映着月光和灯火,现出一种很难确定名称的颜色。那是由蓝色和绿色合成的一种又娇嫩又柔和的颜色,有些地方,海水的颜色像蓝矾,有些地方似乎月光化成浓液,代替海水,充塞了海湾。总之,多么调和的色彩,多么和平、恬静、高尚的气氛啊!

阳台下面那层楼里,窗子大概开着,因为清楚地传来女人的说话声和笑声。看来,那儿正在开晚会。

柯甫陵竭力控制自己,拆开信,走进自己的房间,开始读信:

"我父亲刚刚去世。我把这件事的责任归于你,因为是你把他害死的。我们的园子正在毁掉,已经由外人来经管,那就是说,我那可怜的父亲十分担心的事情果真发生了。我把这件事的责任也归于你。我用我的全部灵魂痛恨你,巴望你快点死掉。啊,我多么痛苦!一种难忍难熬的痛苦燃烧着我的灵魂。……你该遭到诅咒才是。我把你当作不平凡的人,当作天才,才爱上你,而你却原来是个疯子。……"

柯甫陵读不下去,他撕碎信,把它丢掉了。一种类似恐怖的不安情绪抓紧他的心。瓦尔瓦拉·尼古拉耶芙娜已经在屏风后面熟睡,他可以听见她的呼吸声。楼下传来女人的说话声和欢笑声,可是他有一种感觉,仿佛整个旅馆里,除了他以外,再也没有一个活人了。由于不幸的、悲痛万分的达尼雅在信里诅咒他,巴望他死掉,他就心惊肉跳,时不时地朝门口瞧一眼,好像生怕两年前在他的生活和他的亲人的生活里产生过巨大破坏作用的那种不可知的力量,又闯进房里来,抓住他不放。

他凭经验知道,每逢他的神经不大对头的时候,最好的治疗办法就是工作。必须在桌子边坐下,逼着自己无论如何把精神集中在一个什么思想上。于是,他就从他那红色的皮包里取出一个笔记本,那上面草拟了一个不大的编纂工作的提纲,他原想把这项工作留到他在克里米亚闲得无聊的时候再做的。他在桌子边坐下,开始研究这份提纲,觉得他那平和、宁静、淡漠的心境又回来了。这个上面写着提纲的笔记本甚至使他想到人世的空虚。他心想,生活给予人们的无非是它所能给的一点点渺不足道的、十分普通的幸福,然而却向人们勒索了那么多。例如,为了在四十岁以前能在大学里讲课,做一名普通的教授,用呆板、乏味、沉闷的语言讲述一些普通的而且是别人的思想,一句话,为了取得一个平常的学者的地位,他,柯甫陵,就得钻研十五年,日以继夜地工作,害上严重的精神病,经历一次不顺心的婚姻,做出各式各样他不乐意去回想的诸多蠢事和不公平的事。现在柯甫陵才清楚地意识到,他是个平平常常的人,而且心甘情愿地认命了,因为依他看来,每个人都应当满足于他本来所处的地位。

这份提纲完全使他安静下来,可是撕碎的信纸在地板上呈现出白的颜色,妨碍他集中注意力。他从桌旁站起来,拾起那封信的碎片,丢到窗外,可是海上吹来一股清风,碎纸片就纷纷落在窗台上了。他又被那种类似恐怖的不安情绪抓住,觉得整个旅馆里除他以外好像连一个活人也没有似的。……他走出去,站在阳台上。海湾像是活了,张大许多淡蓝色、深蓝色、碧绿色、火红色的眼睛瞧着他,召唤他。确实,天气又热又闷,倒真不妨去洗个澡呢。

忽然,阳台下面那层楼里,有人开始拉小提琴,两个女人的柔和声调唱起来。那是一首他熟悉的歌。楼下所唱的那首抒情歌曲讲到一个姑娘带着病态的幻想,夜间在花园里听到一些神秘的声音,就断定那是天神的和声,我们凡人是听不懂的。……柯甫陵屏住呼吸，他的心忧郁地收紧，胸膛里激荡着一种他早已忘却的美妙甜蜜的欢乐。

海湾的对岸，出现了一根又黑又高的柱子，像是一股旋风或者龙卷风。它飞快地越过海湾往旅馆这边移动，变得越来越小，越来越黑，柯甫陵几乎来不及给它让开路。……那个满头白发，没戴帽子，长着两道黑眉毛，光着脚的修士两条胳膊交叉在胸前，飞过他身旁，在房间中央站住。

"为什么你不信我的话？"他带着责备的口气问道，亲切地瞧着柯甫陵，"如果那时候你相信我说的话，相信你是个天才，那么，这两年你就不会过得这么可悲，这么乏味了。"

柯甫陵已经相信自己是上帝的选民，是天才。他清楚地想起以前他跟黑修士所谈的那些话。他想说话，可是血从喉咙里直往上涌，流到胸口上。他不知道怎么办才好，只是伸出手摩挲胸脯，于是他的袖口也浸透了血。他想叫一声在屏风后面睡熟的瓦尔瓦拉·尼

古拉耶芙娜,就使一把劲,呼唤道:

"达尼雅!"

他倒在地板上了。他用胳膊撑起身子,又呼唤道:

"达尼雅!"

他呼唤达尼雅,呼唤那个有着沾满露水的艳丽花朵的大园子,呼唤那个花园和露出毛茸茸的树根的松树、黑麦田,呼唤他那了不起的学问,他的青春、勇气、欢乐,呼唤那原先十分美好的生活。他看见地板上,在他的脸旁边,有一大摊血,他衰弱极了,再也说不出一句话来;然而有一种说不出的、无穷无尽的幸福充塞了他的全身心。阳台下面,有人在拉小夜曲。黑修士对他小声说,他是天才,他死,只是因为他那衰弱的人的肉体已经失去平衡,不能再充当天才的外壳了。

等到瓦尔瓦拉·尼古拉耶芙娜睡醒,从屏风后面走出来,柯甫陵却已经死了,他的脸上还保留着幸福的笑容。

跳来跳去的女人

一

在奥莉加·伊万诺夫娜的婚礼上,她所有的朋友和相好的熟人都来参加了。

"瞧瞧他吧,真的,他不是有点与众不同吗?"她往她丈夫那边点一点头,对朋友说,仿佛要解释她为了什么缘故才嫁给这个普通的、很平常的、在无论哪一方面都没有什么了不起的男人似的。

她的丈夫奥西普·斯捷潘内奇·德莫夫是医师,

论官品是九品文官。他在两个医院里做事,在一个医院里做编制外的主任医师,在另一个医院里做解剖师。每天早晨从九点钟到中午,他给门诊病人看病,查病房,午后搭上公共马车到另一个医院去,解剖死去的病人。他私人也行医,可是收入很少,一年不过有五百卢布光景。如此而已。此外关于他还有什么可说的呢?

另一方面,奥莉加·伊万诺夫娜和她的朋友,相好的熟人,却不是十分平常的人。他们每个人都在某一方面有出众的地方,多多少少有点名气,有的已经成名,给人看做名流了;有的即使还没有成名,将来却有成名的灿烂希望。有一个剧院的演员,早已是公认的大天才,他是一个优雅、聪明、谦虚的男子,又是出色的朗诵家,教奥莉加·伊万诺夫娜朗诵。有一个歌剧演员,是个性情温和的胖子,叹口气对奥莉加·伊万诺夫娜郑重说明,她毁了自己,要是她不发懒,肯下决心,她就会成为出色的歌唱家。其次,有好几个画家,其中打头的一个是风俗画家、动物画家、风景画家里亚博夫斯基,他是很漂亮的金发青年,年纪在二十五岁左右,画展开得很成功,把最近画成的一张画卖了五百卢布,他修改奥莉加·伊万诺夫娜的画稿,说她将来很可能有所成就。此外,还有一个拉大提琴的音乐家,他的乐器总是发出呜咽的声音,他公开声明在他认识的一切女人当中,能够给他伴奏的只有奥莉加·伊万诺夫娜一个人。再其次,有一个文学家,年纪轻轻,可是已经出了名,写过中篇小说、剧本、短篇小说。此外还有谁呢?喏,还有瓦西里·瓦西里奇,是地主,乡绅,业余的插图家和饰图家,深深爱好古老的俄罗斯风格、民谣和史诗,在纸上,瓷器上,用烟熏黑的盘子上,他简直能够创造奇迹。这伙逍遥自在的艺术家已经给命运宠坏,尽管文雅而谦虚,可是只有在生病的时候才会想起天下还有医师这种人,德莫夫这个姓氏在他们听起来就跟西多罗夫或者塔拉索夫差不多。在这伙人当中,德莫夫显得陌生,多余,矮小,其实他个子挺高,肩膀挺宽。看上去,他仿佛穿着别人的礼服,长着店员那样的胡子。不过如果他是作家或者画家,那人家就会说他凭他的胡子会叫人联想到左拉①了。

有一个演员对奥莉加·伊万诺夫娜说:她配上她那亚麻色的头发和结婚礼服,很像是一棵到了春天开满娇嫩的白花、仪态万方的樱桃树。

"不,您听着!"奥莉加·伊万诺夫娜对他说,挽住他的胳臂,"这件事怎样突然发生的呢?您听着,听着……我得告诉您,爸爸跟德莫夫同在一个医院里做事。可怜的爸爸害了病,德莫夫就在他的床边一连守了几天几夜。了不起的自我牺牲啊!您听着,里亚博夫斯基……还有您,作家,听着。这事很有意思。您走过来一点儿。了不起的自我牺牲啊,真诚的关心!我也一连好几夜没睡觉,坐在爸爸身旁。忽然间,了不得,公主赢得了英雄的心!我的德莫夫没头没脑地掉进了情网。真的,有时候命运就有这么离奇。嗯,爸爸

---

① 左拉(1840—1902),法国著名作家,留一把大胡子。

死后，他有时候来看我，有时候在街上遇见我。有这么一个晴朗的傍晚，冷不防，他忽然向我求婚了……就跟晴天霹雳似的……我哭了一宵，我自个儿也没命地掉进了情网。现在呢，您瞧，我做他的妻子了。他结实，强壮，跟熊似的，不是吗？现在，他的脸有四分之三对着我们，光线暗，看不清楚，不过，等到他把脸完全转过来，那您得瞧瞧他的脑门子。里亚博夫斯基，您说说看，那脑门子怎么样？德莫夫啊，我们正在讲你呐！"她向丈夫叫道，"上这儿来。把你那诚实的手伸给里亚博夫斯基……这就对了。你们交个朋友吧。"

德莫夫温和而纯朴地微笑着，向里亚博夫斯基伸出手，说：

"幸会幸会。当年有个姓里亚博夫斯基的跟我同班毕业。他是您的亲戚吗？"

二

奥莉加·伊万诺夫娜二十二岁,德莫夫三十一岁。他们婚后过得挺好。奥莉加·伊万诺夫娜在客厅的四面墙上挂满了她自己的和别人的画稿,有的配了镜框,有的没配。靠近钢琴和放家具的地方,她用中国的阳伞、画架、花花绿绿的布片、短剑、半身像、照片……布置了一个热闹而好看的墙角……在饭厅里,她用民间版画裱糊墙壁,挂上树皮鞋和小镰刀,墙角立一把大镰刀和一把草耙,于是布置成了一个俄罗斯风格的饭厅。在寝室里,她用黑呢蒙上天花板和四壁,在两张床的上空挂一盏威尼斯式的灯,门边安一个假人,手拿一把戟,好让这房间看上去像是一个岩穴。人人都认为这对青年夫妇有一个很可爱的小窝。

每天上午十一点钟起床以后,奥莉加·伊万诺夫娜就弹钢琴,或者要是天气晴朗,就画点油画。然后,到十二点多钟,她坐上车子去找女裁缝。德莫夫和她只有很少一点钱,刚够过日子,因此她和她的裁缝不得不想尽花招,好让她常有新衣服穿,去引人注目。往往她用一件染过的旧衣服,用些不值钱的零头网边、花边、长毛绒、绸缎,简直就会创造奇迹,做出一种迷人的东西来,不是衣服,而是梦。从女裁缝那儿出来,奥莉加·伊万诺夫娜照例坐上车子到她认识的一个女演员那儿去,打听剧院的新闻,顺便弄几张初次上演的新戏或者福利演出站的戏票。从女演员家里一出来,她还得到一个什么画家的画室去,或者去看画展,然后去看一位名流,要么是约请他到自己家里去,要么是回拜,再不然就光是聊聊天儿。人人都快活而亲切地欢迎她,口口声声说她好,很可爱,很了不起……那些她叫做名人和伟人的人,都把她看做自己人,看做平等的人,异口同声地向她预言说,凭她的天才、趣味、智慧,她只要不分心,不愁没有大成就。她呢,唱歌啦,弹钢琴啦,画油画啦,雕刻啦,参加业余的演出啦,可是所有这些,她干起来并不是凑凑数,而是表现了才能。不管她扎彩灯也好,梳妆打扮也好,给别人系领带也好,她做得都非常有艺术趣味、优雅、可爱。可是有一方面,她的才能表现得比在别的方面更明显,那就是,她善于很快地认识名人,不久就跟他们混熟。只要有个人刚刚有点小名气,刚刚引得人们谈起他,她就马上认识他,当天跟他交成朋友,请他到她家里来了。每结交一个新人,在她都是一件十足的喜事。她崇拜名人,为他们骄傲,天天晚上梦见他们。她如饥如渴地寻找他们,而且永远也不能满足她这种饥渴。旧名人过去了,忘掉了,新名人来代替了他们,可是对这些新人,她不久也就看惯,或者失望了,就开始热心地再找新人,新伟人,找到以后又找。这是为了什么呢?

到四点多钟,她在家里跟丈夫一块儿吃饭。他那种朴实、那种健全的思想、那种和蔼,引得她感动,高兴。她常常跳起来,使劲抱住他的头,不住嘴地吻它。

"你啊,德莫夫,是个聪明而高尚的人,"她说,"可是你有一个很严重的缺点。你对艺术一点兴趣也没有。你否定了音乐和绘画。"

"我不了解它们,"他温和地说,"我这一辈子专心研究自然科学和医学,根本没有工夫对艺术发生兴趣。"

"可是,要知道,这可很糟呢,德莫夫!"

"怎么见得呢?你的朋友不了解自然科学和医学,可是你并没有因此责备他们。各人有各人的本行嘛。我不了解风景画和歌剧,不过我这样想:如果有一批聪明的人为它们献出毕生的精力,另外又有一批聪明的人为它们花大笔的钱,那它们一定有用处。我不了解它们,可是不了解并不等于否定。"

"来,让我握一下你那诚实的手!"

饭后,奥莉加·伊万诺夫娜坐车去看朋友,然后到剧院去,或者到音乐会去,过了午夜才回家。天天是这样。

艺　术　集

　　每到星期三,她家里总要举行晚会。在这些晚会上,女主人和客人们不打牌,不跳舞,借各种艺术来消遣。剧院的演员朗诵,歌剧演员唱歌,画家们在纪念册上绘画(这类纪念册奥莉加·伊万诺夫娜有很多),大提琴家拉大提琴,女主人自己呢,也画画,雕刻,唱歌,伴奏。遇到朗诵、奏乐、唱歌的休息时间,他们就谈文学、戏剧、绘画,争辩起来。在座的没有女人,因为奥莉加·伊万诺夫娜认为所有的女人除了女演员和她的女裁缝以外都乏味、庸俗。这类晚会没有一回不出这样的事:女主人一听到门铃声就吃一惊,脸上带着得意的神情说:"这是他!"这所谓"他"指的是一个应邀而来的新名流。德莫夫是不在客厅里的,而且谁也想不起有他这么一个人。不过,一到十一点半钟,通到饭厅去的门就开了,德莫夫总是带着他那好心的温和笑容出现,搓着手说:

　　"诸位先生,请吃点东西吧。"

　　大家就走进饭厅,每一回看见饭桌上摆着的老是那些东西:一碟牡蛎、一块火腿或者一块小牛肉、沙丁鱼、奶酪、鱼子酱、菌子、白酒、两瓶葡萄酒。

"我亲爱的 maître d'hôtel①!"奥莉加·伊万诺夫娜说,快活得合起掌来,"你简直迷人啊!诸位先生,瞧他的脑门子!德莫夫,把你的脸转过来。诸位先生,瞧,他的脸活像孟加拉的老虎,可是那神情却善良可爱跟鹿一样。啊,宝贝儿!"

客人们吃着,瞧着德莫夫,心想:"真的,他是个挺好的人。"可是不久就忘了他,只顾谈戏剧、音乐、绘画了。

这一对年轻夫妇挺幸福。他们的生活,水样地流着,没一点儿挂碍。不过,他们蜜月的第三个星期却过得不十分美满,甚至凄凉。德莫夫在医院里传染到丹毒,在床上躺了六天,不得不把他那漂亮的黑发剃光。奥莉加·伊万诺夫娜坐在他身旁,哀哀地哭。可是等

---

① 法语:管家。

到他病好一点,她就用一块白头巾把他那剃掉头发的头包起来,开始把他画成沙漠地带以游牧为生的阿拉伯人。他俩都快活了。他病好以后又到医院去,可是大约三天以后,他又出了岔子。

"我真倒霉,奥莉卡!"有一天吃饭时候,他说,"今天我做了四次解剖,我一下子划破两个手指头。直到回家我才发现。"

奥莉加·伊万诺夫娜吓慌了。他却笑着说,这没什么要紧,他做解剖的时候常常划破手。

"奥莉卡,我一专心工作,就变得大意了。"

奥莉加·伊万诺夫娜担心他会害血中毒症,就天天晚上做祷告,可是结果总算没出事。生活又和平而幸福地流着,无忧无虑。眼前是幸福的,而且紧跟着春天就要来了,它已经在远处微微地笑,许下了一千种快活事。幸福不会有尽头的!四月、五月、六月,到城外远处一座别墅去,散步,素描,钓鱼,听夜莺唱歌。然后,从七月直到秋天,画家们到伏尔加流域去旅行,奥莉加·伊万诺夫娜要以这团体不能缺少的一分子的身份参加这次旅行。她已经用麻布做了两身旅行服装,为了旅行还买下颜料、画笔、画布、新的调色板。里亚博夫斯基差不多每天都来找她,看她的绘画有了什么进步。每逢她把画儿拿给他看,他就把手深深地插进衣袋里,抿紧嘴唇,哼了哼鼻子,说:

"是啊……您这朵云正在叫唤:它不是夕阳照着的那种云。前景有点儿嚼烂了,有点儿地方,您知道,不大对劲……您那个小木房有点儿透不过气来,悲惨惨地哀叫着……那个犄角儿应当画得暗一点儿。不过大体上还不错……我很欣赏。"

他越是讲得晦涩难解,奥莉加·伊万诺夫娜反倒越容易听懂。

三

降灵周①第二天,午饭后,德莫夫买了点凉菜和糖果,到别墅去看他的妻子。他已经有两个星期没看见她,十分惦记。他起先坐在火车车厢里,后来在一大片树林里找他的别墅,时时刻刻觉着又饿又累,巴望待一会儿他会多么逍遥自在地跟他妻子吃一顿晚饭,然后睡一大觉。他看着他带的一包东西,心里挺高兴,里面包着鱼子酱、奶酪、白鲑鱼。

等到他找着别墅,认出是它,太阳已经在下山了。一个老女仆说太太不在家,大概不久就回来。那别墅样子难看,天花板很低,糊着写字的纸,地板不平,尽是裂缝。那儿一共有三个房间。一个房间里摆一张床,另一个房间里有画布啦,画笔啦,脏纸啦,男人的大衣

---

① 基督教的节日,复活节后的第七周。

和帽子啦,随意丢在椅子上和窗台上。在第三个房间里,德莫夫看见三个不认得的男子。有两个长着黑头发,留着胡子,另一个刮光了脸,身材很胖,大概是演员。桌子上有一个茶炊,水已经烧开了。

"您有什么事?"演员用男低音问,不客气地瞧着德莫夫,"您要找奥莉加·伊万诺夫娜吗?等一等吧,她马上就要来了。"

德莫夫就坐下来,等着。有一个黑发的男子睡意蒙眬、无精打采地瞧着他,给自己斟了一杯茶,问道:

"您也许想喝茶吧?"

德莫夫又渴又饿,可是他谢绝了茶,怕的是把吃晚饭的胃口弄坏。不久,他就听到了脚步声和熟悉的笑声。门砰的一响,奥莉加·伊万诺夫娜跑进房间里来了,戴一顶宽边草帽,手里提一个盒子,她身后跟着里亚博夫斯基,脸蛋绯红,兴高采烈,拿着一把大阳伞和一个折凳。

"德莫夫!"奥莉加·伊万诺夫娜叫道,快活得涨红了脸,"德莫夫!"她又叫一遍,把她的头和两只手都放到他的胸口上,"你来了!为什么你这么久没有来?为什么?为什么?"

"我哪儿有空儿,亲爱的?我老是忙,好容易有点空儿,不知怎么火车钟点又老是不对。"

"可是看见了你,我多么高兴啊!我整宵整宵地梦见你,我直担心你别害了病。啊,你再也不知道你有多么可爱,你来得多么凑巧!你要做我的救星了。也只有你才能救我!明天这儿要举行一个顶顶别致的婚礼,"她接着说,笑了,给她丈夫系好领带,"火车站上有一个年轻的电报员,姓契凯尔杰耶夫,要结婚了。他是个漂亮的小伙子,是啊,并不愚蠢。你要知道,他脸上有一种强有力的、熊样的表情……可以把他画成一个年轻的瓦利亚格人①呢。我们这班消夏的游客,对他发生了好感,答应他说我们一定参加他的婚礼……

---

① 古代北欧的一个漂泊民族名,相传古俄罗斯最早的王公就是它的后裔。

他是个没有钱的、孤单单的、胆小的人。当然,不同情他是罪过的。想想吧,做完弥撒就举行婚礼,然后大家从教堂里出来,步行到新娘家里去……你知道,树木苍翠,鸟儿啼叫,一摊摊阳光照在青草上,我们这些人呢,被绿油油的背景衬托着,成了五颜六色的斑点,这可很别致,有法国印象派的味道呢。可是,德莫夫,我穿什么衣服到教堂去呢?"奥莉加·伊万诺夫娜说,做出要哭的脸相,"在这儿,我什么也没有,简直是什么也没有! 衣服没有,花也没有,手套也没有……你务必要救救我才好。既然你来了,那就是命运盼咐你来救我了。拿着这个钥匙,我的好人儿,回家去,把衣柜里我那件粉红色连衣裙拿来。你知道那件衣服,它就挂在前面……然后,到堆房里,在右边地板上你会瞧见两个硬纸盒。打开上面的盒子,那里面全是花边,花边,花边,还有各种零头的料子,在那下面就是花了。把那些花统统小心地拿出来,可别压坏它们,亲爱的,回头我要在那些花里挑选一下……另外再给我买副手套。"

艺 术 集

"好吧,"德莫夫说,"明天我去取了,派人给你送来。"

"明天怎么成啊?"奥莉加·伊万诺夫娜问,惊奇地瞧着他,"明天怎么来得及啊? 明天头一班火车九点钟才开,可是十一点钟就举行婚礼了。不行,亲爱的,要今天去才成,务必要今天去! 要是明天你来不了,那就打发一个人送来也成。是啊,去吧……那班客车马上就要开到了。别误了车,宝贝儿。"

"好吧。"

"唉,我多么舍不得放你走啊,"奥莉加·伊万诺夫娜说,眼泪涌到她的眼眶里,"我这个傻瓜呀,为什么应许了那个电报员呢?"

德莫夫赶紧喝下一杯茶,拿了一个面包圈,温和地微笑着,到车站去了。那些鱼子酱、奶酪、白鲑鱼,都给那两位黑头发的先生和那个胖演员吃掉了。

四

七月里一个平静的月夜,奥莉加·伊万诺夫娜站在伏尔加河一条轮船的甲板上,一会儿瞧着河水,一会儿瞧着美丽的河岸。里亚博夫斯基站在她身旁,对她说,水面上的黑影不是阴影,而是梦。他还说,迷人的河水以及那离奇的光辉,深不可测的天空和忧郁而沉思的河岸,都在述说我们生活的空虚,述说人世间有一种高尚、永恒、幸福的东西,人要是忘掉自己,死掉,变成回忆,那多么好啊。过去的生活庸俗而乏味,将来呢,也毫无价值,而这个美妙的夜晚一辈子只有一回,不久也要过去,消融在永恒里。那么,为什么要活着呢?

奥莉加·伊万诺夫娜一会儿听着里亚博夫斯基的说话声,一会儿听着夜晚的宁静,暗自想着:她自己是不会死的,永远也不会死。她以前从没见过河水会现出这样的蓝宝石色,还有天空、河岸、黑影、她灵魂里洋溢着的控制不住的喜悦,都在告诉她,说她将来会成为大艺术家,说在远方那一边,在月光照不着的那一边,在一个广漠无垠的天地里,成功啦,荣耀啦,人们的爱戴啦,都在等她……她眼也不眨地凝神瞧着远方,瞧了很久,好像看见成群的人、亮光,听见音乐的胜利的节奏、痴迷的喊叫,看见她自己穿一身白色连衣裙,花朵从四面八方像雨点般落在她身上。她还想到跟她并排站着、用胳膊肘倚着船边栏杆的这个人,是个真正伟大的人,天才,上帝的选民……这以前他的一切创作都优美、新颖、不平凡,可是等到他那绝世的天才成熟了,绚烂起来,他的创作就会惊天动地,无限高超,这是只要凭他那张脸,凭他的说话方式,凭他对大自然的态度就看得出来的。他用他自己的话语,照他所独有的方式,讲到黑影、黄昏的情调、月光,使人不能不感到他那驾驭大自然的威力是多么摄人心魄。他本人很漂亮,有独创能力。他的生活毫无牵挂,自由自在,超然于一切世俗烦恼以外,跟鸟儿的生活一样。

"天凉了。"奥莉加·伊万诺夫娜说,打了个冷战。

里亚博夫斯基拿自己的斗篷给她披上,凄凉地说:

"我觉着我落在您的掌心里了。我成了奴隶。为什么您今天这样迷人啊?"

他一直凝神瞧着她,动也不动。他的眼睛可怕,她不敢看他了。

"我发疯地爱您……"他凑着她的耳朵说,他的呼吸吹着她的脸蛋儿,"只要对我说一个字,我就不活下去,丢开艺术了……"他十分激动,嘟嘟哝哝说,"您爱我吧,爱我吧……"

"不要说这种话,"奥莉加·伊万诺夫娜说,闭上眼睛,"这真可怕。而且,拿德莫夫怎么办呢?"

"德莫夫是什么人?为什么跑出来一个德莫夫?德莫夫跟我什么相干?这儿只有伏尔加、月亮、美丽、我的爱、我的痴迷,压根儿就没有什么德莫夫不德莫夫……唉!我什么也不知道……我不管过去,只求眼前给我一会儿……一会儿的快乐吧！"

奥莉加·伊万诺夫娜的心跳起来。她有心想一想她的丈夫,可是她觉得一切往事,以及她的婚姻、德莫夫、她的晚会,都显得渺小,琐碎,朦胧,不必要,远而又远了……真的,德莫夫是什么人？为什么跑出来一个德莫夫？德莫夫跟她什么相干？而且,他究竟是实有其人呢,还是只不过是个梦？

"对他那么一个普通而又平凡的人来说,过去他享受到的幸福也就足够了,"她想,用手蒙上脸,"随他们批评我好了,随他们诅咒我好了。我呢,偏要这样,情愿灭亡。偏要这样,情愿灭亡！……生活里的一切都该体验一下才对。天呐,多么可怕,可又多么痛快啊！"

"啊,怎么着？怎么着？"画家喃喃地说,搂住她,贪婪地吻她的手,她软绵绵地想推开他,"你爱我吗？爱吗？爱吗？啊,什么样的夜晚！美妙的夜晚啊！"

"是啊,什么样的夜晚！"她小声说,瞧着他那双含着眼泪而发亮的眼睛。然后她很快地往四下里看一眼,搂住他,使劲吻他的嘴唇。

"我们靠近基涅西莫了!"在甲板的那一头,有人说。

他们听到沉甸甸的脚步声。那是饮食间里的仆役走过他们身旁。

"听着,"奥莉加·伊万诺夫娜对那人说,幸福得又哭又笑,"给我们拿点葡萄酒来。"

画家激动得脸色发白,坐在凳子上,用爱慕而感激的眼睛瞧着奥莉加·伊万诺夫娜,然后闭上眼睛,懒洋洋地微笑着说:

"我累了。"

他把脑袋倚在栏杆上。

五

九月二日天气温暖,没有风,可是天色阴沉。一清早,伏尔加河上飘着薄雾,九点钟以后下起小雨来了。天色一点也没有晴朗的希望。喝早茶的时候,里亚博夫斯基对奥莉加·伊万诺夫娜说画画儿是顶吃力不讨好、顶枯燥乏味的艺术,说他算不得画家,说只有傻瓜才会认为他有才能,说啊说的,忽然无缘无故拿起一把小刀,划破了他的一张最好的画稿。喝完茶以后,他满脸愁容,坐在窗口,眺望伏尔加。可是伏尔加没有一点光彩,混浊暗淡,看上去冷冰冰的。一切,一切,都使人想起凄凉萧索的秋天就要来了。两岸苍翠的绿毯、日光灿烂的反照、透明的蓝色远方,以及大自然一切华丽的盛装,现在仿佛统统从伏尔加那里搬走,收在箱子里,留到来春再拿出来似的。乌鸦在伏尔加附近飞翔,讥诮它:"光啦!光啦!"里亚博夫斯基听着它们聒噪,想到自己已经走下坡路,失去了才能,想到在人世间,一切都是有条件的、相对的、愚蠢的,想到他不应该缠上这个女人……总之,他心绪不好,胸中郁闷。

奥莉加·伊万诺夫娜坐在隔板那一面的床上,用手指头梳理她那美丽的亚麻色头发,一会儿幻想自己在客厅里,一会儿在卧室里,一会儿在丈夫的书房里。她的想象带她到剧院里,到女裁缝家里,到出名的朋友家里。现在他们在干什么?他们想念她吗?筹备晚会的时令已经开始了。还有德莫夫呢?亲爱的德莫夫!他在信上多么温存,多么稚气而哀伤地求她赶快回家呀!他每月给她汇来七十五卢布。她写信告诉他说,她欠那些画家一百卢布,他就把那一百卢布也汇来了。多么善良而慷慨的人!旅行使得奥莉加·伊万诺夫娜厌倦了,她觉着无聊,恨不能赶快躲开这些乡下人,躲开河水的潮气,摆脱周身不干净的感觉才好,这种不干不净是她从这个村子迁移到那个村子,住在农民家里时时刻刻都感到的。要不是因为里亚博夫斯基已经对那些画家认真地答应过要跟他们在此地一直住到九月二十日,那他们今天就可以走了。要是今天能够走掉,那多好!

"我的上帝啊,"里亚博夫斯基唉声叹气,"到底什么时候才会出太阳呀？没有太阳，我简直没法接着画那幅阳光普照的风景画了！……"

"可是你有一张画稿画的是阴云的天空，"奥莉加·伊万诺夫娜说，从隔板那一面走过来，"你记得吗，在右边的前景上是一片树林，左边是一群母牛和公鹅？现在你不妨把它画完。"

"哼！"画家皱起眉头，"画完它！难道您当我有那么笨，自己都不知道自己该做什么！"

"你对我的态度变得好厉害哟！"奥莉加·伊万诺夫娜叹口气。

"哼，那才好。"

奥莉加·伊万诺夫娜的脸抖着。她走开，到火炉那边去，呜呜地哭了。

"对，只差眼泪了。算了吧！我有一千种理由要哭，可我就不哭。"

"一千种理由！"奥莉加·伊万诺夫娜哭道，"顶重要的理由是您已经嫌弃我了。对了！"她说，哭起来，

"实话实说,您在为我们的恋爱害臊。您一个劲儿防着那些画家发现我们的关系,其实要瞒也瞒不住,他们早就全都知道了。"

"奥莉加,我只求您一件事,"画家恳求道,把手按住心口,"只求一件事:别折磨我!此外,我也不求您别的了。"

"可是请您赌咒说您仍旧爱我!"

"这真是磨人!"画家咬着牙说,跳起来,"搞到最后我只好去跳伏尔加河,或者发疯了事!躲开我!"

"好,打死我吧,打死我吧!"奥莉加·伊万诺夫娜叫道,"打死我吧!"

她又哭起来,走到隔板的那一面去了。雨哗哗地落在小屋的草顶上。里亚博夫斯基抱着头,在小屋里走来走去,然后现出果断的脸色,仿佛要向谁证明什么似的,戴上帽子,把枪挂在肩上,走出小屋去了。

他走后,奥莉加·伊万诺夫娜在床上躺了很久,哭着。起初,她心想索性服毒,让里亚博夫斯基一回来就

艺 术 集

发觉她死了才好。然后她的幻想把她带到客厅里,带到丈夫的书房里,她想象自己一动也不动地坐在德莫夫身旁,全身享受着安宁和洁净,到傍晚就坐在剧院里,听玛西尼①唱歌。她想念文明,想念城里的热闹和名人,把心都想痛了。一个农妇走进小屋来,不慌不忙地动手生炉子烧饭。屋里弥漫着木炭烧焦的气味,空中满是淡蓝的烟雾。画家们回来了,穿着泥泞的高筒靴,脸上沾着雨水,凝神瞧着画稿,用安慰的口气自言自语,说是哪怕遇到坏天气,伏尔加也自有它的妩媚。墙上,那个不值钱的钟滴答滴答响……受了冻的苍蝇聚在墙角里圣像四周,嗡嗡地叫。人可以听见蟑螂在凳子底下那些大皮包中间爬来爬去……

里亚博夫斯基直到太阳下山才回到家。他把帽子丢在桌子上,没脱他那泥泞的靴子,脸色苍白,筋疲力尽地倒在长凳上,闭上眼睛。

---

① 当时在俄国演唱的一个意大利歌唱家。

"我累了……"他说,皱着眉头,竭力想抬起眼皮来。

奥莉加·伊万诺夫娜为要对他亲热,表示她没生气,就走到他面前,默默地吻他一下,把梳子放到他金色的头发里。她想给他梳一梳头。

"怎么回事?"他说,打个冷战,睁开了眼睛,仿佛有什么凉东西碰到他身上似的,"怎么回事?请您躲开我,我求求您。"

他推开她,走掉了。她觉着他脸上现出憎恶和厌烦的神情。这当儿,一个农妇小心翼翼地用两只手给他端来一盆白菜汤,奥莉加·伊万诺夫娜看见她那大手指头浸到汤里去了。腆起肚子的肮脏的农妇、里亚博夫斯基吃得津津有味的白菜汤、那小屋、这整个生活(她起先由于这生活的简朴和艺术性的杂乱而深深喜爱过),现在都使她觉得可怕。她忽然觉得受了侮辱,就冷冷地说:

"我们得分开一个时期才成,要不然,由于无聊,我们会大吵一架的。我可不愿意这样。我今天要走了。"

"怎么走法？骑着棍子走？"

"今天是星期四,因此九点半钟有一班轮船到这儿。"

"哦？不错,不错……嗯,好,走吧……"里亚博夫斯基轻声说,用毛巾代替食巾擦了擦嘴,"你在这儿闷得慌,没事可干。谁要留你,谁就一定是个大利己主义者。走吧,到本月二十号以后我们就可以见面了。"

奥莉加·伊万诺夫娜兴高采烈地收拾行李。她的脸蛋儿甚至高兴得发红了。她问她自己：难道真的她不久就要在客厅里画画,在寝室里睡觉,在铺着桌布的桌上吃饭了？她心里轻松,她不再生画家的气了。

"我把颜料和画笔统统留给你,里亚博夫斯基,"她说,"凡是留下来的,你都带着就是……注意,我走以后,别犯懒,别闷闷不乐,要工作。你是个好样的,里亚博夫斯基！"

到九点钟,里亚博夫斯基给了她临别的一吻,她心想这是为了免得在轮船上当着那些画家的面吻她。然后,他就送她到码头去。轮船不久就开来,把她装走了。

过了两天半,她回到家里。她兴奋得直喘,没脱掉帽子和雨衣就走进客厅,从那儿又走到饭厅。德莫夫没穿上衣,只穿着坎肩,敞着怀,靠饭桌坐着,正在用叉子磨快刀子。他面前的碟子上放着一只松鸡。奥莉加·伊万诺夫娜走进住宅的时候,相信她得把一切事情瞒住丈夫才成,她相信自己有那个力量,也有那个本事。可是现在,她一看见他那欢畅、温和、幸福的微笑和那双亮晶晶的、快活的眼睛,就觉得瞒住这个人跟毁谤、偷窃、杀人一样的卑鄙,可恶,不可能,而且她也没有力量这样做。一刹那间她决定把一切发生过的事向他和盘托出。她让他吻她,搂她,然后在他面前跪下来,蒙上脸。

"怎么了?怎么了,亲爱的?"他温存地问,"你想家了吧？"

她抬起臊得通红的脸，用惭愧的、恳求的眼光瞧他。可是恐惧和羞耻不容她说出实话来。

"没什么……"她说，"我没什么……"

"我们坐下来吧，"他说，搀起她来，扶她在桌子旁边坐下，"这就对了……你吃松鸡吧。你饿了，小可怜。"

她贪婪地吸进家里的亲切的空气，吃着松鸡。他呢，温存地瞧着她，高兴地笑了。

六

大概直到冬季过了一半，德莫夫才开始怀疑自己受着欺骗。倒仿佛他自己良心不清白似的，他每回遇见妻子，再也不能够面对面地瞧她的眼睛，也不再快活地微笑了。为了少跟她单独待在一块儿，他常常带着他的同事科罗斯捷列夫回家来吃饭，那是个身材矮小、头发剪短、满脸皱纹的男子,每逢跟奥莉加·伊万诺夫娜说话,总是窘得把他那件上衣的所有纽扣一会儿解开,一会儿扣上,然后用右手捻左边的唇髭。吃饭时候,两个医生谈到横隔膜一升高,有时候就会使心脏发生不规则的跳动,或者谈到近来常常遇到很多神经炎病例,再不然就讲到前一天德莫夫在解剖一个经诊断害"恶性贫血"的病人尸体的时候却在胰腺里发现了癌。他们所以谈医学,仿佛只是为了给奥莉加·伊万诺夫娜一个沉默的机会,也就是不必撒谎的机会似的。饭后,科罗斯捷列夫在钢琴那儿坐下来,德莫夫就叹口气,对他说:

"唉,老兄!对,可不是!弹个悲调的曲子吧。"

科罗斯捷列夫就耸起肩膀,伸开手指头,弹了几个音,用男高音唱起来:"指给我看啊,有什么地方俄罗斯农民不呻吟。"①德莫夫就又叹一口气,用拳头支着

---

① 俄国诗人涅克拉索夫的诗句。

头,沉思起来。

奥莉加·伊万诺夫娜近来的举动非常不检点。她每天早晨醒来,心绪总是很坏,心想她已经不爱里亚博夫斯基,因此,谢谢上帝,事情就此了结了。可是喝完咖啡,她又寻思:里亚博夫斯基使她失去了丈夫,现在呢,她既失去了丈夫,又失去了里亚博夫斯基。然后她想起她那些熟人说里亚博夫斯基正在为画展准备一张惊人的画儿,是用波列诺夫①风格画成的、风俗和风景的混合画,凡是到过他画室的人,看见那种画儿,都看得入迷。不过她心想:他是在她的影响下才创造出这张画儿来的,总之多亏有她的影响,他才大大地变得好起来。她的影响是那么有益,那么重要,要是她离开他,那他也许会完蛋。她又想起上回他来看她的时候,穿一件带小花点的灰色上衣,系一根新领带,懒洋洋地问她:"我漂亮吗?"凭他那种潇洒的风度、长长的鬈

---

① 波列诺夫(1844—1927),俄罗斯的现实主义风景画家。

发、蓝蓝的眼睛,他也真的很漂亮(或者,也许只是乍一看才显得漂亮吧),而且他对她很温柔。

奥莉加·伊万诺夫娜想起许多事情,盘算了一阵,就穿好衣服,十分激动地坐上马车,到里亚博夫斯基的画室去了。她发现他兴高采烈,为他那幅真正美丽的画儿得意。他蹦蹦跳跳,十分顽皮,不管人家提出多么严肃的问题,总是打个哈哈了事。奥莉加·伊万诺夫娜嫉妒里亚博夫斯基画出那张画儿,痛恨那张画儿,可是她出于礼貌,只好在那张画儿面前默默地站了五分钟光景,仿佛见到什么神圣的东西似的叹一口气,轻轻地说:

"是啊,这样的画儿以前你还从来没有画过。要知道,简直叫人生出满腔敬畏的心情呢。"

然后,她开始要求他爱她,别丢开她,要求他怜悯她这个可怜而不幸的人。她哭,吻他的手,逼他赌咒说他爱她,还对他说:缺了她的好影响,他就会走上岔路,完蛋。等到她扫了他的兴,觉着她自己有说不尽的委屈,就坐上车到女裁缝那儿去,或者到她认识的女演员那儿去要戏票。

要是她在他的画室里没找到他,就给他留下一封信,信上赌咒说:如果他当天不来看她,她准定服毒自尽。他害了怕,就去看她,留下来吃午饭。虽然她的丈夫在座,他却并不顾忌,用话顶撞她,她也照样还敬他。两个人都觉得彼此要拆也拆不开,都觉得对方是暴君和敌人,都气愤,在气愤中却没留意到他们两人的举动很不得体,连头发剪短的科罗斯捷列夫也全看明白了。饭后,里亚博夫斯基匆匆告辞,走了。

"您上哪儿去?"奥莉加·伊万诺夫娜在前厅带着憎恨瞧着他,问道。

他皱起眉头,眯细眼睛,信口念出一个他俩都认得的女人的名字。他明明在讪笑她的醋意,有意惹她生气。她就回到她的寝室,倒在床上。她由于嫉妒、烦恼、又委屈又羞耻的感觉,咬着枕头,哇哇地哭起来。德莫夫在客厅里丢下科罗斯捷列夫,走进寝室来,又慌

张又着急,低声说:

"别哭得这么响,亲爱的……这是何苦呢?……这种事千万不要声张出去……千万别让人看出来……你知道,已经发生的事是不能挽救的了。"

沉重的嫉妒简直要弄得她的太阳穴炸开来,她不知道怎样才能平息这种嫉妒,同时她又觉着事情仍旧可以挽回,于是她把泪痕斑斑的脸洗一下,扑上粉,飞快地跑到刚才提到过的那个女人家里去了。她在那女人家里没找到里亚博夫斯基,就坐上车,到另一个女人家里,然后又到第三个女人家里……起初,照这样乱跑,她还觉着难为情,可是后来她跑惯了,往往一个傍晚跑遍她认识的一切女人的家,为的是找到里亚博夫斯基。大家也都明白这是怎么回事。

一天,她对里亚博夫斯基讲起她的丈夫:

"这个人用宽宏大量压迫我!"

她很喜欢这句话,她遇到那些知道她跟里亚博夫

斯基的关系的画家,一谈起她的丈夫,她就把胳膊用力地一挥,说道:

"这个人用宽宏大量压迫我!"

他们的生活方式跟去年一模一样。每到星期三,他们总是举行晚会。演员朗诵,画家绘画,大提琴家弹奏,歌唱家演唱。照例一到十一点半钟,通到饭厅去的门就开了,德莫夫带着笑容说:

"诸位先生,请吃点东西吧。"

奥莉加·伊万诺夫娜照旧找名流,找到了又不满足,就再找。她每天晚上照旧很迟才回来。可是德莫夫却不像去年那样已经睡觉,他坐在他的书房里,在写什么东西。他三点钟左右才上床睡觉,八点钟就起来了。

一天傍晚,她正准备到剧院去,站在穿衣镜面前,忽然德莫夫走进她的寝室来,穿着礼服,打着白领结。他温和地微笑着,跟从前那样快活地瞧着他妻子的眼睛。他的脸放光。

"我刚才宣读了我的学位论文。"他说,坐下来,揉着他的膝头。

"宣读?"奥莉加·伊万诺夫娜问。

"呵呵!"他笑了,伸出脖子瞧镜子里他妻子的脸,因为她仍旧背对着他站在那儿,理她的头发,"呵呵!"他又笑一遍,"你知道,他们很可能给我病理总论的讲师资格。看样子恐怕会的。"

从他那神采焕发的、幸福的脸容看得出来,只要奥莉加·伊万诺夫娜跟他一块儿高兴,一块儿得意,那他样样事情都会原谅她,不但现在原谅,将来也一样,他会把一切都忘掉。可是她不懂什么叫做"讲师资格",或者"病理总论",此外,她担心误了戏,就什么话也没说。

他在那儿坐了两分钟,然后,带着自觉有罪的笑容走出去了。

七

那是很不平静的一天。

德莫夫头痛得厉害。他早晨没喝茶,也没去医院,一直躺在书房里一张土耳其式长沙发上。中午十二点多钟奥莉加·伊万诺夫娜照例出门去找里亚博夫斯基,想给他看她画的静物写生画,还要问他昨天为什么没来看她。她觉得这张画儿并没什么价值,她画它只不过要找一个不必要的借口到画家那儿去一趟罢了。

她没有拉铃就照直走进门去看他。她在门道脱雨鞋的时候,仿佛听见一个什么东西轻轻跑进画室去了,带着女人衣襟的沙沙声。她赶紧往里一看,只瞧见一段棕色的女裙闪了一闪,藏到一幅大画后面去了。有一块黑布蒙着那张画儿和画架,直盖到地板上。没有问题,有个女人躲起来了。想当初她奥莉加·伊万诺夫娜自己就常在那张画儿后面避难!里亚博夫斯基分

明很窘,仿佛对她的光临觉着奇怪似的,向她伸出两只手,赔着笑脸说:

"啊啊!看见您很高兴。有什么好消息吗?"

奥莉加·伊万诺夫娜的眼睛里满是泪水。她又害羞又心酸。哪怕给她一百万卢布,她也绝不肯当着那个陌生的女人,那个情敌,那个虚伪的女人的面讲一句话,那女人现在正站在画儿背后,多半在恶毒地暗笑吧。

"我带给您一幅画稿……"她用细微的声音怯生生地说,嘴唇发抖,"Nature morte.①"

"哦哦!……画稿吗?"

画家用手接过那幅素描,一边瞧着一边走,仿佛不经意地走进了另一个房间。

奥莉加·伊万诺夫娜乖乖地跟着他走。

"Nature morte.……上等货,"他嘟嘟哝哝地说,渐

---

① 法语:静物。

渐押起韵来了,"罗……莫……祸……"

从画室里传来匆匆的脚步声和衣襟的沙沙声。这样看来,她已经走了。奥莉加·伊万诺夫娜恨不能大叫一声,拿起一个重东西照准画家的脑袋打过去,然后走掉,可是她泪眼模糊,什么也看不见,羞得什么似的,觉得自己已经不是奥莉加·伊万诺夫娜,也不是画家,只是个小小的甲虫了。

"我累了……"画家瞧着那幅画稿,懒洋洋地说,摇晃脑袋,好像要打退睡意似的,"当然,这幅画儿挺不错,不过今天一幅,去年一幅,过一个月又一幅……您怎么会画不腻呢?换了我是您,我就不画这劳什子,认真搞音乐什么的了。您本来就不能做画家,您是音乐家。可是您知道,我多累啊!我马上去叫他们拿点茶来……好吗?"

他走出房间,奥莉加·伊万诺夫娜听见他对他的听差交代几句话。为了避免告辞和解释,尤其是为了避免哭出来,她趁里亚博夫斯基还没回来,赶快跑到门道,穿上雨鞋,走到街上。这时候,她呼吸才算畅快,觉得她跟里亚博夫斯基,跟绘画,跟方才在画室里压在她心上的沉重的羞辱感觉,从此一刀两断了。什么都完了!

她坐上车子到女裁缝那儿,然后去看昨天刚到此地的巴尔纳伊①,又从巴尔纳伊那儿到一家乐谱店,心里时时刻刻盘算怎样给里亚博夫斯基写一封又冷又狠、充满个人尊严的信,怎样到开春或是夏天跟德莫夫一块儿到克里米亚去,在那儿跟过去的生活一刀两断,从头过起新的生活。

傍晚很迟了,她才回到家。她没有脱掉外衣就走进客厅,坐下来写信。里亚博夫斯基对她说什么她做不了画家,现在为了报复,她就还敬他几句,写道,他年年画的老是那一套东西,天天讲的老是那一套话。她还写道,他已经站住不动,除了已有的成绩以外此后他

---

① 德国话剧演员。

艺 术 集

休想有什么成绩了。她还想写下去,说他过去大大叨了她的好影响的光,如果他从此走下坡路,那只是因为她的影响被各式各样的暧昧人物,例如今天藏在画儿背后的那个家伙,抵消了。

"亲爱的!"德莫夫在书房里叫道,没有开门,"亲爱的!"

"你有什么事?"

"亲爱的,你不要上我屋里来,只在门口站住好了。是这么回事……前天我在医院里传染了白喉,现在……我病了。快去请科罗斯捷列夫来。"

奥莉加·伊万诺夫娜对丈夫素来称呼姓,她对她熟识的男人都是这样称呼的。她不喜欢他的教名奥西普,因为那名字总叫她联想到果戈理的奥西普①,和一句俏皮话:"奥西普,爱媳妇;阿西福,开席铺。"现在她却叫道:

---

① 果戈理的剧本《钦差大臣》中的一个仆人。

"奥西普,不会的!"

"快去吧!我病了……"德莫夫在门里面说,她可以听见他走回去,在长沙发上躺下来,"快去吧!"他的声音含糊地传来。

"这是怎么回事?"奥莉加·伊万诺夫娜想,吓得周身发凉,"这病危险得很呐!"

她完全不必要地举着蜡烛走进寝室。在那儿,她盘算着她该怎么办,无意中往穿衣镜里看自己一眼。她瞧见她那苍白的、惊骇的脸,高袖口的短上衣,胸前的黄褶子,裙子上特别的花条,觉着自己又可怕又难看。她忽然热辣辣地感到对不起德莫夫,对不起他对她的那种深厚无边的爱情,对不起他年轻的生命,甚至对不起他好久没来睡过的那张空荡荡的小床。她想起他那常在的、温和的、依顺的笑容。她哀哀地哭了一场,给科罗斯捷列夫写一封央求的信。那已经是夜里两点钟了。

八

早晨七点多钟,奥莉加·伊万诺夫娜由于没有睡足而脑袋发沉,头发没有梳,模样很不好看,脸上带着惭愧的神情,走出寝室来。这时候有一位先生,留着一把黑胡子,大概是医师,走过她面前,到前堂去了。屋里有药气味。科罗斯捷列夫站在书房的门旁,用右手捻着左边的唇髭。

"对不起,我不能让您进去看他,"他阴沉地对奥莉加·伊万诺夫娜说,"这病会传染人的。况且,实际上,您也不必进去。反正他在发高烧,说昏话。"

"他真的得了白喉吗?"奥莉加·伊万诺夫娜小声问。

"老实说,他是自作孽,不可活,"科罗斯捷列夫嘟嘟哝哝地说,没有回答奥莉加·伊万诺夫娜问的话,"您知道他怎样传染到这病的?星期二那天,他用吸管吸一个害白喉的男孩子的薄膜。这是为什么？这是愚蠢……是啊,胡闹……"

"他病得重吗？很重吗？"奥莉加·伊万诺夫娜问。

"对了,据说这是顶厉害的那种白喉。真的,应当把希列克请来才对。"

一个矮小的红发男子来了,鼻子很长,讲话带犹太人的口音。然后来了一个高大、伛偻、头发蓬松的人,看样子像是大助祭。随后又来了一个很胖的青年,生一张红脸,戴着眼镜。这是医师们到他们的同事身旁来轮流值班。科罗斯捷列夫值完班,并不回家,却留在这儿,像阴影似的在各房间里穿来穿去。女仆忙着给值班的医师端茶,常跑到药房去,因此没有人收拾房间了。到处都安安静静,阴阴惨惨。

奥莉加·伊万诺夫娜坐在自己的寝室里,心想这是上帝来惩罚她了,因为她欺骗她的丈夫。那个沉默寡言、从不诉苦、使人不能理解的人,脾气温柔得失去了个性,又过分的忠厚,变得缺乏意志,为人软弱,这时候却独自待在一个地方,冷冷清清,躺在他那长沙发上受苦,一句抱怨的话也不说。要是他说出抱怨的话来,哪怕是在高热中,值班的医师也会知道毛病并不是单单出在白喉上。他们就会去问科罗斯捷列夫。他是什么都知道的,无怪他瞧着他朋友的妻子的时候,眼神好像在说:她才是真正的主犯,白喉不过是她的同谋犯罢了。现在她不再回想伏尔加河上的那个月夜,也不再回想那些爱情的剖白,更不回想他们在农舍里的诗意生活,而只回想:她,由于无聊的空想,由于娇生惯养,已经用一种又脏又黏的东西把自己从头到脚统统弄脏,从此休想洗得干净了……

"哎呀,我做假做得太厉害了!"她记起她跟里亚博夫斯基那段烦心的恋爱,不由得想道,"这种事真该死!……"

到四点钟,她跟科罗斯捷列夫一块儿吃午饭。他一点东西也不吃,光是喝红葡萄酒,皱着眉头。她也什么都没吃。她有时候暗自祷告，向上帝起誓：要是德莫夫病好了，她一定再爱他，做他的忠实妻子。有时候她又暂时忘了自己，瞧着科罗斯捷列夫，暗想："做一个默默无闻的普通人，没有一点儿出众的地方，再加上生着那么一张满是皱纹的脸，一点儿也不懂礼貌，难道不乏味吗？"有时候她又觉着上帝一定会立刻来弄死她，因为她担心传染，一次也没到她丈夫的书房里去过。总之，她心绪麻木阴郁，相信她的生活已经毁掉，再怎么样也没法挽救了……

饭后，天擦黑了。奥莉加·伊万诺夫娜走进客厅，科罗斯捷列夫正躺在睡椅上睡觉，把一个金线绣的绸垫子枕在脑袋底下。"希——普——啊，"他在打鼾，"希——普——啊。"

医师们来值班，进进出出，却始终没有留意这种杂乱。一个陌生的人躺在客厅里睡觉和打鼾也好，墙上挂着那么多的画稿也好，房间布置得那么别致也好，这房子的女主人头发蓬松，衣冠不整也好，总之，现在，这一切全引不起一丁点儿兴趣了。有一位医师偶尔不知因为什么笑了一声,那笑声带一种古怪而胆怯的音调,听了甚至叫人害怕。

等到奥莉加·伊万诺夫娜第二回走进客厅里来,科罗斯捷列夫已经不在睡觉,而是坐着抽烟了。

"他得了鼻腔白喉症,"他低声说,"心脏已经跳得不正常了。真的,事情不妙。"

"那么您去请希列克吧。"奥莉加·伊万诺夫娜说。

"他已经来过了。发现白喉转到鼻子里去的,就是他。唉,希列克有什么用!真的,希列克一点用也没有。他是希列克,我是科罗斯捷列夫,如此而已。"

时间拖得长极了。奥莉加·伊万诺夫娜在一张从早上起就没收拾过的床上和衣躺下,迷迷糊糊睡着了。她梦见整个宅子里从地板到天花板,装满一大块铁,只要能够把那块铁搬出去,大家就会轻松快活了。等到醒过来,她才想起那不是铁,而是德莫夫的病。

"Nature morte,祸……"她想,又变得什么都想不起来了,"罗……莫……希列克怎么样? 西列克……东列克……南列克……现在我的朋友们在哪儿啊? 他们知道我们遭了难吗? 主啊,救救我……怜恤我。西列克……东列克……"

那块铁又来了……时间拖得很长,可是楼下的钟常常敲响。门铃一个劲儿响,医师们陆陆续续进来……女仆走来,端着盘子,上面摆着一个空玻璃杯。她问道:

"要我把床收拾一下吗,太太?"

听不到答话,她就走了。下面的钟敲着。她梦见伏尔加河上的雨。又有人走进寝室来,仿佛是一个陌生人。奥莉加·伊万诺夫娜跳起来,认出那人是科罗斯捷列夫。

"现在什么时候?"她问。

"将近三点钟。"

"哦,什么事?"

"还有什么好事！……我是来告诉您：他去世了……"

他呜呜地哭了,在床边挨着她坐下,用袖口擦眼泪。她一下子还明白不过来,可是紧跟着周身发凉,开始慢慢地在胸前画十字。

"他去世了……"他用细微的声音再说一遍,又哭了,"他死,是因为他牺牲了自己……对科学来说,这是多大的损失啊!"他沉痛地说,"要是拿我们全体跟他比一下,他真称得起是伟大的人,不平凡的人!什么样的天才啊! 他给我们大家多大的希望呀!"科罗斯捷列夫接着说,绞着手,"我的上帝啊,像这样的科学家现在我们就是打着火把也找不着了。奥西卡·德莫夫,奥西卡·德莫夫,你凭什么落到这个地步啊! 唉唉,我的上帝啊!"

科罗斯捷列夫灰心得用两只手蒙上脸,摇头。

"而且他有那么大的道德力量!"他接着说,好像越来越气恼什么人似的,"这是一个善良、纯洁、仁慈的灵魂,不是人,是水晶!他为科学服务,为科学而死。他一天到晚跟牛一样地工作,谁也不怜惜他。这个年轻的科学家,未来的教授,却不得不私人行医,晚上做翻译工作,好挣下钱来买这些……无聊的废物!"

科罗斯捷列夫带着憎恨瞧着奥莉加·伊万诺夫娜,伸出两只手抓起被单,气冲冲地撕扯它,倒好像都怪被单不好似的。

"他不怜惜自己,别人也不怜惜他。唉,真的,空谈一阵有什么用!"

"对,真是一个天下少有的人!"客厅里有人用男低音说。

奥莉加·伊万诺夫娜回想她跟他一块儿过的全部生活,从头到尾所有的细节一个也不漏。她这才忽然明白:他果然是一个天下少有的、不平凡的人,拿他跟她认识的任什么人相比,真要算是伟大的人。她想起去世的父亲以及所有跟他共事的医师怎样看待他,她这才明白他们都认定他是一个未来的名人。墙啊,天花板啊,灯啊,地板上的地毯啊,好像一齐对她讥讽地眨眼,仿佛要说:"错过机会啰!错过机会啰!"她哭着冲出寝室,跑过客厅里一个不相识的男子身边,奔进丈夫的书房里去。他一动也不动地躺在一张土耳其式长沙发上,从腰部以下盖着一条被子。他的脸消瘦干瘪得可怕,脸色又黄又灰,活人脸上是看不见那种颜色的。只有凭了那个额头,凭了黑眉毛,凭了熟悉的微笑,才认得出他就是德莫夫。奥莉加·伊万诺夫娜赶快摸他的胸、他的额头、他的手。胸口还有余温,可是额头和那双手却凉得摸上去不舒服了。那对半睁半闭的眼睛没有瞧着奥莉加·伊万诺夫娜,却瞧着被子。

"德莫夫!"她大声喊叫,"德莫夫!"

她想对他说明过去的事都是错误,事情还不是完全没法挽救,生活仍旧可以又美丽又幸福。她还想对他说,他是一个天下少有的、不平凡的、伟大的人,她会一生一世地尊崇他,向他膜拜,感到神圣的敬畏……

"德莫夫!"她叫他,拍他的肩膀,不相信他从此不会再醒来了,"德莫夫!德莫夫啊!"

客厅里,科罗斯捷列夫正在对女仆发话:

"干吗一个劲儿地死问?您上教堂看守人那儿去,问一声靠养老院养活的那些老太婆住在哪儿。她们自会擦洗尸身,装殓起来,该做的事都会做好。"

枢密顾问官①

一八七〇年四月初,我母亲克拉芙季雅·阿尔希波芙娜,一个中尉的遗孀,收到她弟弟,枢密顾问官伊凡,从彼得堡寄来的一封信,信上除了别的话以外,还写道:"我的肝病使我每年夏天不得不到国外生活,可是我目前没有多余的钱到马利恩斯克温泉②去疗养,因此我今年夏天很可能到你的柯楚耶甫卡村去住,亲

---

① 帝俄的三等文官,官位很高。又,帝俄时代的大学教授和中学教员都叙官品。
② 捷克的疗养地。

爱的姐姐。……"

读完这封信后,我母亲脸色苍白,浑身发抖,后来脸上现出又要笑又要哭的神情。果然,她哭起来,而且笑起来了。这种哭和笑的搏斗总使我联想到一支点亮的蜡烛被人泼上一点水而火光摇闪、火星乱爆的光景。我母亲把那封信又读了一遍,然后把全家人召集到一起,激动得嗓音若断若续,向我们说明,公达索夫家一共有弟兄四个:头一个公达索夫还在婴儿时期就死了;第二个去打仗,阵亡了;第三个……说出来请他不要见怪,做了戏子;至于那第四个……

"那第四个爬上高枝儿了,"母亲呜咽着说,"我的亲兄弟啊,我是跟他一块儿长大的。可是我浑身发抖,浑身发抖呀。……要知道,他做了枢密顾问官,成了将军!我怎么跟他,我的天使,见面呢?我这个没受过教育的傻女人,跟他谈些什么呢?我有十五年没跟他见面了!安德留宪卡,"母亲转过脸来对我说,"你高兴吧,小傻瓜!上帝是为了叫你交好运才把他打发来的!"

我们听完公达索夫家族极为详尽的家史以后,庄园里就忙乱起来,像那样的忙乱我往常只有在圣诞节前才会见到。只有天空和河水幸免于难,其余的东西一概遭到清理、刷洗和涂饰。假如天空低一点,小一点,河水流得不那么急,他们也会用砖块把它们刮洗一番,用树皮纤维擦个干净呢。墙壁本来就白得像雪,可是仍然要用石灰来粉刷一通。地板油光发亮,可是每天都要擦洗一遍。一只叫秃尾巴的猫(我小时候用一把切糖块的小刀把它的尾巴割掉整整四分之一,因此它得了秃尾巴的绰号)从正房的敞廊上给移到厨房里去,交给阿尼西雅管束。费季科受到叮嘱,如果有狗走到门廊跟前来,"上帝就会惩罚"他。不过再也没有什么东西比可怜的长沙发、圈椅、地毯更倒霉的了!它们以往任何时候都没有受到过像目前恭候客人光临期间那么厉害的敲打。我的那些鸽子听到棍棒的敲打声而惶惶不安,不时飞上天空。

契诃夫小说选集

裁缝师傅斯皮利东从诺沃斯特罗耶甫卡村来了，全县敢于给上流人家做衣服的裁缝师傅只有他一个。这个人从不喝酒，工作勤恳，颇有本领，也不缺少造型艺术方面的某些想象和感觉，然而做出来的衣服却难看得很。他的整个工作给犹豫糟蹋了。……他常常认为他做出来的衣服不够时髦，这就逼得他把每件衣服都改做五次，而且步行到城里去研究花花公子的装束，到最后，他做好的衣服穿到我们身上，就连漫画家看了都会说稀奇古怪，过分漫画化。我们往往穿着窄得不成样的裤子和短得无可再短的上衣，害得我们在小姐们面前老是觉得怪难为情的。

这位斯皮利东费很大的工夫给我量尺寸。他把我横里竖里量个够，好像要给我做一道紧箍似的。他用了不少时间，拿粗铅笔在一张纸上记下尺寸，而且在所有尺寸上都打上三角记号。他替我量过以后，又动手量我的家庭教师叶果尔·阿历克塞耶维奇·波别季姆斯基。我终生难忘的这位教师正当青年人关心自己唇髭的生长、对自己的衣服十分挑剔的年纪,因此,您可以想象斯皮利东是带着多么诚惶诚恐的心情走到我教师跟前的!叶果尔·阿历克塞耶维奇不得不把头往后仰,叉开两条腿,近似倒过来的字母"V"。他时而得举起胳膊,时而又得放下来。斯皮利东给他量了好几次,为此在他身旁绕来绕去,就像一只动了春情的公鸽绕着母鸽打转儿。他一会儿屈下膝头跪着,一会儿弯下身子,像个钩子。……我的母亲操劳过度,累到极点,周身无力,又被熨斗的烟火熏得难受,瞧着这一套冗长的手续,说:

"当心啊,斯皮利东,要是你糟蹋了这些呢料子,上帝就要惩罚你!要是你做得叫人不称心,那你可交不着好运!"

听了我母亲的话,斯皮利东一会儿周身发烧,一会儿大汗淋漓,因为他相信他是不会做得使人称心的。他给我做一身衣服收工钱一卢布零二十戈比,给波别季姆斯基做一身衣服收两卢布,而呢料、衬里、纽扣,都是我们的。这点工钱不能算贵,特别因为诺沃斯特罗耶甫卡村离我们这儿有十俄里①远,这位裁缝师傅为了试衣服却要来四次。每逢我们试衣服,勉强套上那些绷满活络线的瘦裤子和短上衣,我母亲见了总是厌恶地皱起眉头,诧异地说:

"上帝才知道如今的时髦样式是怎么回事!就连瞧一眼都叫人害臊。要不是为了我那住在京城里的弟弟,说真的,我才不会给你们做这种时髦的衣服呢!"

斯皮利东暗暗高兴,因为挨骂的不是他,而是时髦的样式。他就耸起肩膀,叹口气,仿佛想说:"这是没办法的:这是时代的风尚啊!"

我们等候客人光临的那种激动心情,只有招魂术者一分一秒地等着阴魂出现的紧张心情才能相比。我母亲成天闹偏头痛,却还跑来跑去,随时都在掉泪。我吃饭不香,睡觉不稳,不肯上课读书。我那种急于见到

---

① 1俄里等于1.06公里。

将军的愿望就连在梦中也没有离开过我,换句话说,我急于见到一个戴着带穗的肩章的人,绣花的衣领一直竖到耳根,手里举着一把出鞘的军刀,就跟我们大厅里长沙发上方挂着的那幅肖像一样,画上的人瞪起一对可怕的黑眼睛,凝神瞧着每一个敢于抬头看他的人。只有波别季姆斯基满不在乎,逍遥自在。他不害怕,不高兴,只是在倾听母亲讲公达索夫家族历史的时候,偶尔说一句:

"有个新人来谈谈话,倒也是一件愉快的事。"

我们庄园上的人都把我的教师看成一个了不起的人。他是青年人,年纪二十岁上下,脸上生着粉刺,头发蓬松,额头很小,鼻子却特别长。那个鼻子实在大,每逢我的教师要仔细瞧什么东西,就得歪着头,像鸟似的。按照我们的看法,全省再也没有一个人比他更聪明、有教养、彬彬有礼的了。他在中学校读完六年级,然后考进兽医学院,在那儿没有读满半年就被开除了。至于开除的原因,他却一直瞒得很紧,这就使每个有意体谅的人都把我的教育者看成一个受难者,一个有点神秘的人物了。他很少讲话,要讲也只讲些文绉绉的题目,在持斋期间仍然吃荤腥,对周围的生活老是抱着高傲轻蔑的态度,然而这倒没有妨碍他接受我母亲送给他的衣服之类的礼物,也没有妨碍他在我的风筝上画些长着红牙的蠢脸。我母亲不喜欢他的"骄傲",不过对他的聪明才智却是极其佩服的。

客人没有使我们久等。五月初,从火车站驶来两辆大车,上面载满大皮箱。这些皮箱看上去那么堂皇,车夫把它们搬下车来的时候,不由自主地脱掉了帽子。

"大概,"我想,"这些箱子里都是军服和火药吧。……"

为什么有火药呢?多半在我脑子里,将军的概念是同大炮和火药紧密相连的。

五月十日早晨我醒过来,我的保姆就小声通知我说:"你的亲舅舅来了。"我赶紧穿上衣服,好歹漱洗一下,没有祷告上帝就飞出卧室门外去了。在前厅,我碰见一位高大壮实的先生,留着体面的络腮胡子,穿着讲究的大衣。我诚惶诚恐,吓得要死,走到他跟前,想起母亲规定的礼节,就在他面前把脚跟并拢,深深一鞠躬,再探出身子要吻他的手,可是那位先生不让我吻他的手,而且声明说他不是我的舅舅,而是舅舅的听差彼得。这个彼得的装束远比我和波别季姆斯基阔绰,他这种外貌使我极其吃惊,而且说实话,直到今天也还使我吃惊呢。难道这样庄重可敬的人,面容如此聪明严峻,竟然会是个仆役?那是为什么呢?

彼得对我说,舅舅和母亲到花园里去了。我就往花园跑去。

自然景物不知道公达索夫家族的历史和我舅舅的官品,因而比我自由得多,也随便得多。花园里热闹得很,只有市集上才会有那样的光景。无数椋鸟从天而降,划破空气,在林荫道上蹦蹦跳跳,又叫又吵地追逐金龟子。丁香丛中有成群的麻雀,从那儿,温柔芬芳的花朵直扑到人脸上来。不管往哪儿走,到处都响着黄莺的歌声,戴胜鸟和青鹰的尖叫。换了在别的时候,我就会开始追逐蜻蜓,或者拿起石块往乌鸦身上扔过去,这时候正有一只乌鸦立在白杨树下不高的干草垛上,把它的宽嘴扭到一边。可是现在我没有心思玩耍。我的心正怦怦地跳,肚子里一阵阵发凉:我正准备去见一个戴着带穗的肩章、手拿明晃晃的军刀、瞪起一对可怕的眼睛的人!

可是请您设想一下我的失望吧!跟我母亲一块儿在花园里散步的,原来是个瘦小的人,装束考究,穿一身白绸衣服,戴一顶白色帽子。他把两只手揣在衣袋里,头往后仰,不时跑到我母亲前面去,看样子完全像是个青年人。他周身有那么多的活力和生气,直到我走近他的身后,看一眼他帽子的边沿,发现他那剪短的头发已经银白,才识破他原来已到老年。庄严的气派也罢,将军的慢条斯理的动作也罢,我一概没看见,只是觉得他像孩子似的活泼好动。我没看到直竖到耳根的高衣领,只见到一个普通的淡蓝色领结。母亲和舅

艺　术　集

舅在林荫道上散步,谈话。我悄悄走到他们后面,等着他们当中哪一个回过头来看一眼。

"你这个地方真是迷人啊,克拉嘉①!"舅舅说,"多么可爱,多么好! 要是我早知道你这儿这样美,那么这些年来我说什么也不会到国外去了。"

舅舅很快地弯下腰去,闻一下郁金香。不管他的眼睛往哪儿看,一切都在他心里引起痴迷和好奇,仿佛他有生以来没见过花园和阳光普照的白昼似的。这个奇怪的人不住动弹,就像身子底下安着弹簧似的,唠唠叨叨讲个不停,不容我母亲插一句嘴。忽然,在林荫道的拐角上,波别季姆斯基从一丛接骨木后面闪出来。他的出现极其出人意外,弄得舅舅吓一跳,退后一步。这一次我的教师穿着他那件漂亮的带袖披风。他穿着这件披风,特别是从后面看上去,很像一架风车。他的模样庄严肃穆。他照西班牙人那样把帽子按在胸口

---

①　克拉芙季雅的爱称。

上,往我舅舅跟前跨出一步,鞠个躬,活像小歌剧里的侯爵:身子往前弯而又略为偏向一边。

"大人,我荣幸地向您介绍我自己,"他大声说,"我是您外甥的教员和导师,以前的兽医学院学生,贵族波别季姆斯基!"

教师这样彬彬有礼,使我母亲很满意。她微微一笑,屏息不动,热切地巴望他再说出一些文绉绉的话来,可是我的教师正等舅舅对他的庄严问候做出庄严的回答,就是说,照将军那样说一声"嗯",对他伸出两个手指头去,不料舅舅和蔼地笑起来,用力握一下他的手,我的教师就心慌意乱,胆怯了。他叽叽咕咕说了句不连贯的话,噘着喉咙,退到一旁去了。

"嗯,这不是很有意思吗?"舅舅笑道,"你瞧,他穿上那件披风,自以为是个很聪明的人呢!我倒喜欢这个,我敢对上帝起誓!……要知道,在他身上,在那件可笑的披风上,表现出多少年轻人的自负和生气啊!可是这是谁家的孩子?"他忽然转过身来,看见我,问道。

"这是我的安德留宪卡,"母亲向舅舅介绍我说,脸红了,"他给了我安慰。……"

我在沙地上把两个鞋跟并拢,深深一鞠躬。

"好小子……好小子……"舅舅喃喃地说着,从我的嘴唇上收回他的手,摩挲我的头,"你叫安德留宪卡?好,好……嗯,是啊……我敢对上帝起誓。……你在念书吗?"

我母亲跟所有的母亲一样,加枝添叶,夸大其词地开始叙述我的学业成绩和良好品行。我呢,在舅舅身旁走动,按照礼节不住地向他深深地鞠躬。等到我母亲开始抛出钓钩,试探地说起我既然有出色的才能,那就不妨进入中等武备学校,享受官费待遇,而我按照礼节,必须哭哭啼啼,请求舅舅说情的时候,舅舅忽然停住脚,吃惊地摊开两只手。

"圣徒啊!这是谁?"他问。

原来我们的管家费多尔·彼得罗维奇的妻子达契

雅娜·伊凡诺芙娜,正顺着林荫道照直向我们这边走来。她拿着一条上过浆的白衬裙和一块长方的熨衣板。她走过我们身边,透过睫毛朝客人羞怯地看一眼,脸红了。

"这儿的奇迹层出不穷啊……"舅舅从牙缝里吐出这么一句话,亲切地瞧着她的后影,"你这儿,姐姐,每走一步都会遇上一件出人意外的事……我敢对上帝起誓。"

"她是我们这儿的美人……"母亲说,"这是经人说媒,由费多尔从城郊那边把她娶来的……离这儿有一百俄里呢。……"

达契雅娜·伊凡诺芙娜并不是每个人都会称之为美人的。她是个娇小丰满的女人,年纪二十岁上下,身材匀称,眉毛乌黑,老是面色红润,模样动人,然而她的脸容和她的全身却没有一个重大的特征,没有一个大胆的线条足以引人瞩目,仿佛大自然创造她的时候,缺乏灵感和信心似的。达契雅娜·伊凡诺芙娜羞怯,腼腆,品行端正,走路轻柔平稳,很少说话,难得发笑,她的全部生活就跟她的脸和梳光的头发那样平和而安稳。舅舅眯细眼睛瞧着她的后影,微笑着。母亲定睛细看他那张含笑的脸,变得严肃起来。

"那么您,兄弟,至今还没有结婚!"她说,叹口气。

"没有结婚。……"

"什么缘故呢?"母亲轻声问道。

"该怎么对你说好呢,这是生活造成的。我年轻的时候只知道埋头工作,顾不上生活。等到我想要生活,回头一看,已经五十年过去了。我没来得及结婚!不过,谈这些……是乏味的。"

母亲和舅舅同声叹口气,往前走去。我却离开他们,跑去找我的教师,想跟他谈谈我的印象。波别季姆斯基在院子当中站着,庄严地瞧着天空。

"看得出来,他是个很有教养的人!"他摇头晃脑地说,"我希望我能跟他相处得好。"

过了一个钟头,母亲走到我们的房间里来。

"我的亲人,我愁死了,"她开口说,长吁短叹,"要知道,我弟弟是带着听差一块儿来的,可是像那样的听差,求上帝保佑他吧,既不好让他住在厨房里,也不好把他安置在前厅里,非给他一个单独的房间不可。我想不出该怎么办!也许只好这样:孩子们,你们能不能暂时搬到厢房去跟费多尔同住?把你们的房间让给那个听差住,怎么样?"

我们回答说完全同意,因为住在厢房比住在正房,处在母亲眼皮底下,要自由得多。

"简直愁死人了!"母亲继续说,"我的弟弟说他不在中午吃中饭,而要按京城的规矩,下午六点多钟才吃中饭。我简直愁得晕头转向!要知道,到七点钟,中饭的菜可就要在炉子上炖过头了。真的,男人哪怕有很大的聪明才智,对家务事也总是一窍不通的。活该我倒霉,只好做两次中饭。你们,孩子们,照旧中午吃中饭。我这个老太婆只好熬到七点钟陪我的亲弟弟吃饭。"

艺　术　集

接着,母亲长叹一声,吩咐我要博得舅舅的欢心,说上帝是为了叫我交好运才打发他来的,然后她就跑到厨房去了。当天,我和波别季姆斯基就搬到厢房里去了。他们把我们安置在一个穿堂屋里,在前堂和总管的卧室之间。

尽管舅舅光临,而且我们搬到新住处来,可是生活却出人意外,仍然跟先前一样疲沓而单调。"由于有客",我们就不再上课念书。波别季姆斯基素来什么书也不看,什么事也不干,这时候照例在床上坐着,长鼻子在空中晃来晃去,不知在思索什么。偶尔他下床来试新衣服,过后就又坐上床,一言不发,专心思索。只有一种东西惹得他心烦,那就是苍蝇,他总是无情地伸出手掌把它们拍死。饭后他照例"休息",于是鼾声大起,弄得整个庄园人人发愁。我一天到晚在花园里跑来跑去,或者在厢房里坐着糊风筝。舅舅呢,在最初的两三个星期,我们是很少看到的。他成天价在房间里坐着工作,不顾苍蝇和炎热。他总是坐着不动,像是跟桌子粘在一起了,这种异乎寻常的功夫给我们留下这样的印象:仿佛他在玩一种无法解释的魔术。对我们这些从来没有进行过有系统的工作的懒汉来说,他那种喜爱劳动的习惯简直就是一种奇迹。早晨九点钟光景他醒过来,就在桌旁坐下,不到吃中饭不站起来,吃过中饭后又着手工作,一直做到深夜。每逢我从钥匙眼里偷偷瞧他,我看见的总是那么一幅一成不变的画面:舅舅在伏案工作。工作的情形是这样:他一只手写字,另一只手翻书,而且说来奇怪,他周身都在动:一条腿晃来晃去像钟摆,嘴里不住吹口哨,而且点着头打拍子。这时候他的模样极其随便,轻浮,好像他不是在工作,而是在做游戏。每次我都看见他穿着考究的短上衣,打着潇洒的领结。他身上老是有一种女人常用的香水的清香,甚至隔着钥匙眼也可以闻出来。他只有吃饭的时候才走出房间来,然而他的胃口总是不好。

"我不明白我的弟弟是怎么回事!"母亲抱怨他说,"我每天都特地为他宰一只火鸡和几只鸽子,又亲手给他做糖煮水果,可是他喝上一盆清汤,吃上一小块像手指头那么大的肉,就从桌旁站起来了。我央告他再吃一点,他就回到桌旁,喝一点牛奶。可是牛奶又算得了什么呢?跟泔水差不多!吃这么点东西会饿死的。……我就劝他,可是他光是笑,说两句打趣的话。……是啊,他,这个亲人,不喜欢我们的菜!"

傍晚倒过得比白天快活得多。照例,等到太阳落下去,院子里铺开长长的阴影,我们,也就是达契雅娜·伊凡诺芙娜、波别季姆斯基和我,总是在厢房的门廊上坐着。到天黑为止,我们一直沉默不语。再者,所有的话既然都已经谈完,还有什么可谈的呢?只有一件事是新闻:那就是舅舅的光临,可是就连这个题目不久也谈得无可再谈了。教师老是目不转睛地瞧着达契雅娜·伊凡诺芙娜,深深地叹息。……那时候我不了解这些叹息,没有深究它们的含意,现在我才明白其中是大有文章的。

等到地上的一个个阴影合成一大片,管家费多尔才打完猎回来，或者从田野上回来。我觉得这费多尔是个野蛮、甚至可怕的人。他是伊久姆城一个归化俄罗斯的茨冈人的儿子，肤色黝黑，眼睛又大又黑，头发卷曲，胡子蓬松，我们柯楚耶甫卡村的农民一概叫他"魔鬼"。再者，除了相貌以外，他的性情也有许多地方像茨冈人。例如，他不能守在家里，成天价在田野上过，或者出外打猎。他阴沉，暴躁，不爱讲话，什么人也不怕，不承认有谁可以支配他。他对母亲态度粗鲁，对我称呼"你"，看不起波别季姆斯基的学问。所有这些，我们都原谅他了，认为他是个容易发脾气的和病态的人。可是我母亲喜欢他，因为他尽管有茨冈人的天性，却极其诚实，工作勤恳。他按照茨冈人那样热烈地爱他的达契雅娜·伊凡诺芙娜，不过他把这种爱情表现得那么阴沉，仿佛在受苦似的。他在我们面前从不跟他的妻子亲热，反而对她恶狠狠地瞪起眼睛，撇着嘴。

他从野外回来，总是恶狠狠地把他的枪支咚的一声放在厢房里,然后走出来,到门廊上我们身边,挨着他的妻子坐下。他歇一口气,问她几句关于家务方面的话,就此闷声不响了。

"我们来唱歌吧。"我提议说。

教师就调理六弦琴的琴弦,然后用教堂诵经士那种浓重的男低音唱起《在山谷中》。歌唱就开始了。教师唱男低音,费多尔唱男高音,却低得几乎听不见,我唱儿童最高音,给达契雅娜·伊凡诺芙娜伴唱。

等到整个天空布满繁星,青蛙不再聒噪,厨房里的人就给我们送晚饭来。我们走进厢房,开始吃饭。教师和茨冈人狼吞虎咽,嘴里嘎吱嘎吱响,叫人分不清,这究竟是肉骨头在响,还是他们的颚骨在响。我和达契雅娜·伊凡诺芙娜几乎吃不完我们分内的饭菜。晚饭后,厢房就沉入酣畅的睡乡了。

有一回,那是五月末,我们正在门廊上坐着等晚饭,忽然有个阴影闪一下,公达索夫在我们面前出现了,像是从地里钻出来似的。他瞅了我们很久,然后把两只手一拍,快活地笑起来。

"田园诗!"他说,"他们在对着月亮唱歌,幻想呢!美极了,我敢对上帝起誓!我可以跟你们一块儿坐着幻想吗?"

我们沉默着,面面相觑。舅舅在下边一层台阶上坐下,打个呵欠,瞧着天空。紧跟着是沉默。波别季姆斯基早就打算跟新来的人谈谈天,看见机会来了,不由得暗暗高兴,就头一个打破沉默。他谈学问,只有一个题目,那就是兽疫。有时候,您夹在千千万万人当中,不知什么缘故,在那千千万万张脸当中,却只有一张脸久久地印在您的记忆里,波别季姆斯基也是这样,他在兽医学院那半年听到的全部课文当中,只记住了一段:

"兽疫为国民经济带来极大损害。社会应当与政府共同对它进行斗争。"

我的教师对公达索夫讲出这段话以前,嗽了三次喉咙,有好几次激动得把身上的披风裹一裹紧。舅舅听到有关兽疫的这段话,就定睛瞧着我的教师,从鼻子里发出笑声。

"真的,这很有意思……"他喃喃地说,仔细地看我们,就像看商店橱窗里的模特儿似的,"这才是生活。……的确,现实就应当是这样。可是您怎么不说话呢,彼拉盖雅·伊凡诺芙娜?"他转过身去对达契雅娜·伊凡诺芙娜说。

她窘了,咳嗽一声。

"你们谈话吧,诸位先生,唱吧……玩吧!不要错过时机。要知道该死的光阴在飞跑,不等人呢!我敢对上帝起誓,你们来不及回头看一眼,老年可就到了。……那时候再要生活就迟了。事情就是这样,彼拉盖雅·伊凡诺芙娜。……不应当坐着不动,一句话也不说呀。……"

这时候厨房里的人送晚饭来了。舅舅跟着我们走进厢房。有这伙人在一起,他吃了五个煎奶渣饼和一个鸭翅膀。他吃着菜,瞧着我们。我们这些人在他心里引起了欢乐和温情。不管我终生难忘的教师说什么样的傻话,也不管达契雅娜·伊凡诺芙娜做什么事,他都认为有意思,美妙得很。晚饭后,达契雅娜·伊凡诺芙娜在墙角温顺地坐下,动手做毛线活,他就目不转睛地瞧着她的小手指头,唠唠叨叨讲个不停。

"你们,朋友们,要抓紧时间赶快生活……"他说,"求上帝保佑你们,千万不要为了将来而牺牲现在!现在有青春,有健康,有热情,将来却是骗局,是一股烟!二十岁一到,就该开始生活才对。"

达契雅娜·伊凡诺芙娜失手掉下一根织针。舅舅就跳起来,拾起织针,一鞠躬,递给达契雅娜·伊凡诺芙娜。我这才第一次知道,原来世界上还有比波别季姆斯基更文雅的人呢。

"是啊……"舅舅接着说,"你们恋爱吧,结婚吧……做傻事吧。做傻事比我们努力追求合理的生活要有生气得多,也健康得多。"

舅舅讲了很多,很久,惹得我们都厌烦了。我坐在旁边一口箱子上,听着他讲话,打起盹来。这段时间他始终没有理睬过我,这使我心里不好受。深夜两点钟他才从厢房里走出去,那时候我已经困得要命,睡熟了。

从这时候起,每逢傍晚,舅舅总到我们厢房来。他跟我们一起歌唱,吃晚饭,每次都要坐到两点钟才走,唠唠叨叨讲个不停,所讲的总是老一套。他傍晚和深夜的工作,已经丢开不干了。到六月末,枢密顾问官吃惯我母亲的火鸡和糖煮水果,索性连白天的工作也丢开不干了。舅舅离开书桌,一头扎进"生活"里去。他白天在花园里走来走去,嘴里吹着口哨,妨碍工人们干活,硬逼他们给他讲各式各样的事情。每逢他抬起眼睛瞧见达契雅娜·伊凡诺芙娜,他就跑到她跟前,要是她拿着什么东西,就要帮她拿,弄得她非常窘。

随着盛夏季节逐渐来到,我的舅舅变得越来越轻率,浮躁,随便。波别季姆斯基对他大失所望。

"这个人太缺乏见识……"他说,"丝毫也看不出他官品很高。连话也不会说。每说一句话都要添上条尾巴:'我敢对上帝起誓。'不,我不喜欢他!"

自从舅舅开始访问我们的厢房以来,费多尔和我的教师发生了显著的变化。费多尔不再出外打猎,很早就回到家来,变得越发沉默寡言,不知怎的,特别凶恶地睁大眼睛瞪着他的妻子。教师也不再在舅舅面前谈兽疫,他皱起眉头,甚至冷笑。

"我们的灰毛公马①来了!"有一回他看见舅舅朝厢房走来,就嘟哝了一句。

我把他们两人的这种变化解释做他们生舅舅的气。心不在焉的舅舅总是把他们的名字叫混,直到他临行为止,始终没有分清楚教师叫什么,达契雅娜·伊凡诺芙娜的丈夫叫什么。他对达契雅娜·伊凡诺芙娜本人也时而叫娜斯达霞,时而叫彼拉盖雅,时而叫叶芙多嘉。他固然为我们所感动,赞赏我们,可是他总是呵呵地笑,对我们像对小孩子似的。……所有这些,当

---

① 借喻"老色鬼"。

然，都可能使得那两个年轻人感到委屈。然而问题不在于自尊心受到伤害；依我现在的体会，其实在于一种更为细腻的感情。

我记得，有一天傍晚我在箱子上坐着，跟睡意挣扎。我的眼皮似乎涂上一层黏糊糊的糨子。我跑了一整天，身子劳乏得往一边歪着。然而我克制睡意，极力睁开眼睛看。那时候已经将近午夜。达契雅娜·伊凡诺芙娜像往常一样面色红润，神态温顺，在一张小小的桌子旁边坐着，给她丈夫做衬衫。费多尔在一个墙角，瞪起眼睛瞧着她，脸色阴沉，闷闷不乐。波别季姆斯基在另一个墙角坐着，把脸藏在他衬衫的高衣领里，愤愤地喘气。舅舅从这个墙角走到那个墙角，正在想心思。四下里一片沉寂，人们只能听见达契雅娜·伊凡诺芙娜手里的麻布窸窸窣窣响。忽然，舅舅在达契雅娜·伊凡诺芙娜面前停住脚，说：

"你们都这样年轻，朝气蓬勃，好得很，你们都在这种恬静的环境里生活得逍遥自在，我都嫉妒你们了。

我已经留恋你们这种生活,我一想起我得离开这儿走掉,我的心就痛了。……你们要相信我说的是真心话!"

睡意封上我的眼睛,我昏昏入睡了。后来有个什么响声把我惊醒,舅舅正站在达契雅娜·伊凡诺芙娜面前,温存地瞧着她。他脸上泛起了红晕。

"我这一生白白过去了,"他说,"我没有生活过!您年轻的脸叫我想起我那虚度的青春。我情愿坐在这儿瞧着您,直到我死。我恨不得带着您到彼得堡去才好。"

"这是为什么?"费多尔用沙哑的声调问道。

"我会把您放在我的书桌上,放在玻璃罩里,欣赏您,而且要别人来看您。您知道,彼拉盖雅·伊凡诺芙娜,像您这样的人,在我们那边是没有的。我们那边有富裕,有声望,偶尔也有美丽,可是没有这种真正的生活……没有这种健康的安谧。……"

舅舅在达契雅娜·伊凡诺芙娜面前坐下,拉住她的手。

"您不愿意跟我到彼得堡去吗?"他笑着说,"既是这样,您至少把这只小手伸给我吧。……可爱的小手!您不肯伸给我?哎,您这个吝啬的人,至少也该容许我吻它一下。……"

这时候,一把椅子咔嚓一响。费多尔跳起来,迈开匀称而沉重的步子走到他妻子跟前。他脸色灰白,颤抖着。他抡起胳膊,一拳头砸在小桌子上,用低沉的声调说:

"我不答应!"

跟他同时,波别季姆斯基也从椅子上跳起来。他也脸色煞白,怒容满面,往达契雅娜·伊凡诺芙娜那边走去,也一拳头砸在小桌子上。……

"我……我不容许!"他说。

"什么?怎么回事?"舅舅诧异地说。

"我不答应!"费多尔捶着桌子,又说一遍。

舅舅跳起来,胆怯地眨巴眼睛。他想说话,可是他惊愕而恐慌,一句话也没说出来,光是困窘地笑一笑,踩着老年人的碎步从厢房走出去,把帽子丢在我们这儿没拿走。过了一会儿,惊慌不安的母亲跑进厢房来,当时费多尔和波别季姆斯基仍然像铁匠抡铁锤似的用拳头擂着桌子,说:"我不答应!"

"你们这儿出了什么事?"母亲问,"为什么我弟弟不舒服了?怎么回事?"

母亲看了看面色苍白和神情惊恐的达契雅娜·伊凡诺芙娜,看了看她那怒气不息的丈夫,大概猜出问题在哪儿了。她叹口气,摇摇头。

"得了,得了,不用砰砰响地敲桌子!"她说,"住手,费多尔!不过您为什么也敲桌子,叶果尔·阿历克塞耶维奇?这跟您有什么相干?"

波别季姆斯基醒悟过来,窘住了。费多尔定睛瞧瞧他,又瞧瞧他的妻子,随后在房间里走来走去。等到母亲从厢房里走出去,我看见了很久以后我还认为是梦境的一个场面。我看见费多尔一把抓住我的教师,把他举到空中,扔出门外去了。……

临到我早晨醒过来,教师的床却是空的。我就问,教师到哪儿去了,保姆小声告诉我说,教师的一条胳膊摔断,一清早就给送到医院去了。我听到这个消息,心里很不好受,想起了昨天闹的事,就走到院子里去。这天天气阴霾。天空乌云密布,风在地上流动,卷起了地上的灰尘、纸片、羽毛。看样子快要下雨了。人和牲畜都流露出烦闷无聊的神态。等到我走进正房,就有人要求我把脚步声放轻,说我母亲害偏头痛,在床上躺着。我干什么好呢?我走到大门外,在那儿一条长凳上坐下,开始揣摩我昨天看见和听见的事情的含意。我们的大门外有条路,绕过铁匠铺和永不干涸的水塘,接上那条广阔的驿道。……我瞧着电线杆,四周有尘土飞扬,瞧着立在电线上昏昏欲睡的鸟雀,忽然觉得那么烦闷,就哭起来了。

驿道上有一辆扑满尘土的敞篷马车驶过,满载着城里人,大概是去朝圣的。那辆敞篷马车还没来得及从我眼睛里消失,就有一辆轻便的四轮马车出现,由两匹马拉着。区警察局长阿基木·尼基契奇站在车上,用手拉住车夫的腰带。使我大吃一惊的是那辆马车转一个弯,驶到我们这条路上来,飞速地经过我身边,进了大门。我正纳闷,不知道区警察局长跑到我们这儿来干什么,不料又响起辘辘声,路上又出现一辆三套马马车。县警察局长在那辆马车上站着,对车夫指着我们家大门口。

"这是什么缘故?"我打量着身上扑满尘土的县警察局长,暗想,"多半波别季姆斯基在他们那儿告了费多尔的状,他们是来抓他,把他送进监牢里去的。"

然而这个谜却不那么容易解开。区警察局长和县警察局长的到来,还仅仅是前奏而已,因为没过五分钟,又有一辆轿式马车驶进了我们家的大门。它那么快地闪过我眼前,我虽然往车窗里瞧一眼,却只看见一把棕红色的胡子。

我怎么也猜不透这是怎么回事,又预感到要发生什么祸事,就跑到正房去。在前厅,我首先看见我的母亲。她脸色苍白,战战兢兢地瞧着一个房门,从门里传出男人的说话声。当时她的偏头痛正闹得厉害,那些客人却出其不意地来找她了。

"谁来了,妈妈?"我问。

"姐姐!"舅舅的声音响起来,"你给我和省长拿点吃的来!"

"说说倒容易:拿点吃的来!"母亲小声说,吓得发愣,"我现在可怎么来得及准备?我活到这把年纪却要出丑了!"

母亲抱住头,跑到厨房去了。省长猝然光临,惊动了整个庄园,把人都吓呆了。随后就发生了残酷的屠杀。他们一连宰了十来只母鸡、五只火鸡、八只鸭子,仓促中,我们鹅群的鼻祖,我母亲珍爱的一只老公鹅,也给砍掉了脑袋。车夫和厨师好像昏了头,胡乱地杀那些家禽,既不管大小,也不顾品种。为了烹调一种什么酱汁,我那一对贵重的翻飞鸽也死于非命,而我珍爱它们却不下于母亲珍爱那只老公鹅。我瞧着它们,很久都不能原谅那个省长。

傍晚省长和他的随从人员酒足饭饱,坐上各自的马车,告辞而去。我就走进正房,看一看隆重的酒宴剩下的饭菜。我从前厅往大厅里看一眼,瞧见了舅舅和母亲。舅舅把手抄在背后,烦躁地沿着墙脚走来走去,不住耸肩膀。母亲筋疲力尽,瘦了许多,在长沙发上坐着,她病态的眼睛跟踪着她弟弟的动作。

"对不起,姐姐,不过这样是不行的……"舅舅皱眉蹙额,唠叨说,"刚才我把你介绍给省长,你却不伸出手跟他握手!你弄得他,那个不幸的人,很狼狈!不,这是不行的。……朴素是好事,不过要知道,也得有个限度……我敢对上帝起誓。……还有这顿饭!难道可以请人吃这种菜吗?比方说,他们端上来的那第四道菜是什么玩意儿?"

"那是甜汁鸭子……"母亲轻声回答说。

"鸭子。……对不起,姐姐,我……我胃气痛!我害病了!"

舅舅做出一副愁苦得要哭的脸相,接着说:

"是魔鬼把那个省长支使来的!我才不稀罕他来拜访我!哎哟……胃气痛啊!我没法睡觉,没法工作。……我完全垮下来了。……我真不懂,在这儿,在这个无聊的地方……你们怎么能不干工作而活下去!瞧,我胸口底下痛起来了!……"

舅舅皱起眉头,加快步子走来走去。

"弟弟,"母亲轻声问道,"出国一趟要用多少钱?"

"至少也要三千哟……"舅舅带着哭音说,"我倒想出国,可是上哪儿去找钱呢?我身上一文钱也没有!哎哟……胃气痛啊!"

舅舅停住脚,愁闷地瞧了瞧灰色而阴霾的窗外景色,就又走来走去。

紧跟着是沉默。……母亲久久地瞅着圣像,心里盘算着什么,后来她哭起来,说:

"我,弟弟,给您三千好了。……"

大约过了三天,那些堂皇的箱子运到火车站去了,随后枢密顾问官也坐车走了。他同母亲告别的时候,哭起来,久久地吻着她的手而不肯放开,可是等到他坐上马车,他的脸上却又闪着孩子气的欢乐了。……他眉开眼笑,感到幸福,在车上尽力坐得舒服点,临别向我那哭泣的母亲吻手示意,随后出人意外,突然把他的目光停在我身上。他的脸上现出极其惊讶的神情。

"这是谁家的孩子?"他问。

我母亲一再对我说过上帝是为了让我交好运才打发舅舅来的,如今她听见这句话,伤心透了。不过我却没有心思听那句问话。我瞧着舅舅那幸福的脸,不知什么缘故,非常怜惜他。我忍不住跳上马车,热烈地拥抱这个跟所有的人一样轻浮而软弱的人。我瞧着他的眼睛,想说一句愉快的话,就问:

"舅舅,您打过仗吗?总打过一次吧?"

"哎,这个可爱的孩子……"舅舅说,笑起来,吻我,"真是个可爱的孩子,我敢对上帝起誓。所有这些都那么自然,那么生气勃勃……我敢对上帝起誓。……"

那辆马车走了。……我瞧着它的后影,他那句临别的"我敢对上帝起誓"久久地在我的耳际响着。

艺 术

冬季一个阴沉的早晨。

贝斯特良卡河上结了冰,平滑而明亮,这儿那儿点缀着白雪,河面上站着两个农民,一个是矮小难看的谢辽日卡,一个是教堂的看守人玛特威。谢辽日卡是个三十岁上下的汉子,两腿很短,衣服褴褛,一副邋遢相。他气愤地瞧着河上的冰。他那件穿破的皮袄上有一绺绺羊毛挂下来,像是一条脱毛的狗。他手里拿着两脚规,是用两根长辐条做成的。玛特威是个相貌端正的老人,穿一件新的皮褂子和一双毡靴,这时候抬起温和的浅蓝色眼睛往上看,瞧着坡度平缓的高岸上一个美丽如画的村子。他手里拿着一根沉重的铁棍。

"怎么样,我们就这样闲着两只手一直站到天黑吗?"谢辽日卡抬起气愤的眼睛瞧着玛特威,打破沉默说,"你这个老鬼,你是到这儿来站着的,还是来干活的?"

"那么你……那个……教一教我……"玛特威叽叽咕咕说,温和地眨巴眼睛。

"'教一教我'……样样事情都靠我:教也是我,干也是我。你们自己就没有脑筋!把两脚规拿去量一量,这才是该办的事!不先量好就没法凿冰。你来量!把两脚规拿过去!"

玛特威从谢辽日卡手里接过两脚规,两只脚在原地动个不停,胳膊肘往两旁死命张开,笨拙地动手在冰上画一个圆圈。谢辽日卡轻蔑地眯细眼睛,分明在欣赏他的狼狈和外行。

"哼哼!"他生气地说,"连这么点活也不会干!怪不得人家说你是个笨庄稼汉,乡巴佬!你只配去养鹅,不配造约旦①!把两脚规拿过来!我叫你拿过来!"

谢辽日卡从冒汗的玛特威手里把两脚规夺过去,然后站稳一只脚,猛地往后一转,一刹那间就在冰上画出个圆圈。新的约旦已经画好轮廓,剩下来要做的就只有把冰凿开了。……

然而谢辽日卡在动手工作以前,装腔作势,延挨很久,不住地使性子,责怪玛特威说:

"我可没有义务给你们干活!你在教堂里当差,该你来干!"

他分明欣赏命运目前给他安排下的这种特殊地位:命运赐给他一种罕见的才能,使他一年一度能够用他的艺术震惊全世界。可怜而且温和的玛特威只好听他讲出许多刻薄轻蔑的话。谢辽日卡一动手干活就厌

---

① "约旦"指基督教某些节日(在这篇小说里是 1 月 18 或 19 日的耶稣洗礼节)在河或湖的岸边举行"水被净"仪式的地方。按基督教传说,耶稣在约旦河里受过洗礼。

烦,生气。他懒。他还没画完圆圈,就一心想到岸上村子里去喝茶,逛荡,聊天了。

"我去一去就来……"他点上烟说,"你呢,就留在这儿,不过你与其站在这儿数那些乌鸦,还不如去搬个能坐的东西来,另外再把雪打扫一下。"

玛特威孤身一人留在这儿。空中阴沉,冰冷,然而静悄悄的。一座白色教堂从散布在岸上的那些小木房后面殷勤地探出头来。有些寒鸦绕着教堂上的金色十字架不停地盘旋。村边上,在河岸断裂而陡峭的地方,有匹马紧挨着悬崖站定,腿上拴着绊绳,一动也不动,像是一块石头,它多半睡着了,或者在想心思吧。

玛特威也站住不动,像是一尊塑像,有耐心地等着。那条河沉思昏睡的外貌、那些盘旋不已的寒鸦、那匹马,都给他带来了睡意。一个钟头过去,又一个钟头过去了,谢辽日卡却仍然没来。河面早已打扫干净,一个供人坐的木箱也已经搬来,可是那个酒徒却不见踪影。玛特威等着,光是打哈欠。他从来也不懂什么叫烦闷无聊。哪怕叫他在河上站一天,站一个月,站一年,他也会呆站着不动。

最后谢辽日卡总算从那些小木房后面走过来了。他脚步蹒跚,几乎没往前移动。他懒得走远路,不肯顺着大道下坡,却抄近路,从上边顺着直线下坡,这样一来就常常陷在雪堆里,或者被灌木钩住,或者仰面朝天滑下坡来,所有这些都进行得很慢,不时停顿下来。

"你这是怎么了?"他骂玛特威说,"你怎么没事闲站着?什么时候才动手破冰?"

玛特威在胸前画了个十字,两只手拿起铁棍,严格循着刚才画好的圆圈,动手凿冰。谢辽日卡在木箱上坐下,注视着他的助手沉重笨拙的动作。

"边沿上要凿得轻点!轻点!"他下命令道,"你不会,就不要承担这个活;你既承担了,就得干好。你啊!"

一群人在坡上聚集起来。谢辽日卡见到观众,越发激动了。

艺　术　集

"我索性不干了……"他说，点上一支臭烘烘的纸烟，不住地吐唾沫，"我倒要看看你们缺了我怎么干。去年在柯斯丘科沃村，斯乔普卡·古尔科夫就应承照我这样造约旦。结果怎么样？只不过闹了场笑话罢了。柯斯丘科沃村的人都到我们这儿来了，多得数不清！各村的人都聚到这儿来了。"

"这是因为除了我们这儿以外再也没有一个地方有像样的约旦。……"

"你干活，没有工夫容你闲扯。……是啊，老头儿。……像这样的约旦在全省都找不到第二个。那些大兵说，你去找找看，甚至城里都不如这儿。轻点，轻点！"

玛特威哼哧哼哧地用劲，呼呼地喘气。这个工作不轻。冰又硬又厚。先得把冰凿开来，然后马上把冰块运到远处去，免得堵塞这块空地。

然而不管这个工作多么艰苦，不管谢辽日卡的命令多么混乱，可是到下午三点钟，贝斯特良卡河上已经有个满是黑水的大圆圈了。

"去年干得比这个强……"谢辽日卡气愤地说,"你连这点活都不会干!哼,笨蛋!上帝的殿堂①里养着这样的笨货!你去拿块木板来,做小木橛子用!你把那个圆环扛来,乌鸦!还有……那个……你到什么地方去弄点面包来……再弄点黄瓜什么的。"

玛特威走了,不久就肩上扛着一个巨大的木环来了,那木环上历年漆了五颜六色的花纹。木环中央有个红色十字架,木环的周边有许多小孔,以便把小木橛子插进去。谢辽日卡拿过木环来,把它盖在冰窟窿上。

"刚好合适……能用。……我们只要再刷上油漆,它就成了头等货色。……咦,你站着干什么?做读经台啊!要不然,那个……你去把木头扛来,做十字架用。……"

玛特威从一大早起就什么也没吃过,什么也没喝

---

① 指教堂。

过,这时候却又爬上坡去。不管谢辽日卡多么懒,然而小木橛子却要由他亲手做成。他知道那些小木橛子有神通广大的力量:做完圣水祭后,谁能得着一根小木橛子,谁就会交上一年好运。这样的工作不是很值得干吗?

然而最关键的工作到第二天才开始。这一天谢辽日卡在外行的玛特威面前表现出他全部出众的才华。同时,他的唠叨、斥责、任性、刁难简直没完没了。玛特威用两根大木头做成很高的十字架,可是谢辽日卡不满意,命令他重做。玛特威站在那儿,谢辽日卡就生气,怪他为什么不走开。他走开了,谢辽日卡却又叫住他,不许他走,要他干活。他不满意工具,不满意天气,不满意自己的才能。样样事情都惹得他不痛快。

玛特威锯下一大块冰做读经台用。

"为什么你锯坏了这个角?"谢辽日卡叫道,恶狠狠地对他瞪起眼睛,"为什么你锯坏了这个角,我问你?"

"看在基督分上,饶恕我吧。"

"重做!"

玛特威就又锯起来……他的苦难没有尽头了!冰窟窿上盖着油漆过的木环,旁边要放读经台。读经台上得雕出一个十字架和一本摊开的福音书。然而这还没有完。读经台后面要立一个很高的十字架,让观众都能看见,迎着阳光闪闪发亮,就像镶满了钻石和宝石似的。十字架上要有一只用冰雕成的鸽子。从教堂到约旦,一路上要撒满云杉和桧树的枝子。全部任务就是这样。

谢辽日卡先动手做读经台。他工作起来又用锉刀,又用凿子,又用锥子。读经台上的十字架、福音书以及从读经台上垂下来的飘带,他都圆满地做成了。后来他着手做鸽子。他极力在鸽子脸上刻出温柔、谦逊、聪明的神情,这时候玛特威摇摇晃晃,像一头熊似的,正给那个用木头钉成的十字架加工。他拿着十字架,在冰窟窿里浸一浸。等到水在十字架上凝结成冰,

艺 术 集

他就再把它在水里浸一下,照这样一直到木头上结了很厚的一层冰为止。……这个工作并不轻松,要求极大的体力和耐性。

可是后来,这个细致的工作总算做完了。谢辽日卡发疯似的满村子跑来跑去。他磕磕绊绊,不住地骂街,赌咒说他马上就下河去,把全部工程捣毁。他是在找合适的颜料。

他的衣袋里装满赭石、群青、铅丹、铜绿。他一个钱也不付,急急忙忙从这家商店跑到那家商店。有一家酒馆紧挨着商店。他在那儿喝了点酒,摆一摆手,没有付钱,又跑到别处去了。他在这个农民家里拿点红甜菜,在那个农民家里拿点葱皮,用来做黄色颜料。他骂街,推人,威胁,可是……没有一个人还敬他一句!大家都对他微笑,同情他,称呼他谢尔盖① · 尼基契奇,大家都感到这种艺术不是他的私事,而是一件共同

---

① 这是他的本名,谢辽日卡是昵称。以本名和父名相称,是表示尊敬。

有关、为民众办的事。一个人创作,余下的人都来帮他的忙。谢辽日卡本人是个微不足道的人,懒汉,酒鬼,手里一有钱就花光,然而一旦他手里拿着铅丹或者两脚规,他就成了个高尚的人物,上帝的仆人了。

耶稣受洗节的早晨来了。教堂四周和那条河两岸,远远近近挤满了人。约旦本身已经用新的蒲席仔细盖严。谢辽日卡在蒲席周围温顺地走来走去,极力克制他的激动。他见到成千上万的人,其中甚至有许多是从别的教区来的。所有这些人都是在严寒中,踏着雪地,步行不少俄里来的,目的仅仅在于观赏他那著名的约旦。玛特威已经做完笨重的粗活,这时候重又回到教堂去,已经见不到他的人影,听不到他的声音,大家已经忘掉他了。……天气晴朗。……天空没有一丝云。阳光明亮耀眼。

教堂的钟声在岸上响起来。……成千的人头脱掉帽子,成千只手在活动,一时间画了成千个十字!

谢辽日卡焦急得不知道该怎么办才好。可是最后教堂敲钟,要唱赞美诗《应当》了。后来,过了半个钟头,可以看出钟楼上和人群里发生轻微的骚动。人们高举着一面面神幡从教堂里走出来,大钟活泼而急促地当当响。谢辽日卡举起一只颤抖的手来,揭掉了蒲席……于是人们见到一种不同寻常的景象。那个读经台、那个木环、那些小木橛子、那个结了冰的十字架,闪着千百种颜色。十字架和鸽子光芒四射,看得人眼睛发酸。……仁慈的上帝,这多么好啊!又惊又喜的赞叹声在人群里响起来,钟声越发响亮,白昼越发明朗。神幡在人群上方飘扬,向前移动,犹如在波浪上起伏。这个宗教行列夹杂着圣像和教士的圣衣,五光十色,缓缓地沿着大路走下坡来,往约旦走去。许多只手向钟楼摇动,要那边的人停止鸣钟,圣水祭开始了。祭礼做得冗长,缓慢,分明极力要延长民众共同祈祷的那种庄严和欢乐。四下里一片肃静。

不过,后来,人们把十字架浸进水里,空中响彻了异乎寻常的闹声。枪声齐鸣,钟声叮当,人们发出高亢的欢呼声,叫喊声,一拥而上,纷纷去拿小木橛子。谢辽日卡听着这种闹声,看见千百只眼睛瞧着他,这个懒汉的灵魂充满了光荣和得意的感情。

识别上方二维码

免费收听契诃夫小说精彩片段